U0031898

恐 懼 為 刀 俎 ， 人 們 為 魚 肉

恐懼罐頭

TIN OF FEAR

魚肉城市

PTT 超人氣大神作者
不帶劍 skypoem——著

恐懼是一件很私密的事
每個罐頭提供口味不一的恐懼，保存於購買者腦中，
賞味無期限，食者生死自負，售出概不負責。

目次

第一罐 廣播

廣播裡的年輕女聲，字字句句都像在我心坎撩撥，我的眼裡滿是霧濛濛的雨景，一首懷念的歌曲，一個想念的女孩，一段已經逝去的流金歲月。

高中時家裡住得偏遠，每天都得趕火車上課，我有過那麼幾次亂了制服、甩著書包，不顧眾人側目只管竭力狂奔，一步一步眼見都快要追上那輛可以準時到校的列車了，但最後還是只能眼睜睜地看著它揚長而去，徒留下氣喘吁吁的悔恨。

人生也是一樣。

如果說，一成不變的生活就像是一輛固定起訖行程的列車，每個人都魚貫穿梭在那些日常之中，當我們出發晚了點，錯過了可能觸碰的時光，疾駛而去的匆匆，就是永遠都追趕不上的遺憾。

我叫莊宥杰，一名快三十歲的台北上班族，雖然學生時代後就很少搭乘火車，不過那輛人生的列車卻始終沒有停下腳步。我進入這家公司四年多了，每天總是開著那輛黑色二手Altis，早上七點半從與父母同住的郊外透天厝出發，自一路順暢到市區的壅塞，然後八點半前抵達公司，刷卡、上班，直到晚上七點，刷卡、下班，再開著Altis，從市區的壅塞至一路順暢，八點前回到郊外的家中，每天規律地就像準時的列車，平穩地運送我的人生。

當然，剛剛的敘述還是省略掉許多細節，譬如說我剛進公司時，每天上班並不是乖乖進到市區內塞車，事實上，從郊外有一條山路可以直接繞到公司後方，雖然實際車程遠了不少，但山路來往的車輛稀少，沿途也沒有測速照相跟警察取締，那時候還年輕的我，中二地把自己想像成《頭文字D》裡的秋名山車神，每個上班天的日夜總是在踩踏油門之間，輕鬆寫意地飆過一個又一個彎道，把風遠遠拋在後頭，整整比從市區到達公司的時間快了十分鐘。

不過，十次車禍九次快，當人人都把那條山路當成了秋名山，真實世界可不像動畫電影，大大小小的碰撞便常常發生，不時有死傷慘重的車禍意外登上新聞版面，所以媽媽老是苦口婆心地叨念我：「不要再走那條路上下班了，安全才是回家唯一的路。」

不知道從什麼時候開始，我總算接受了老媽的勸告，成為在市區排隊塞車龜速上班的乖乖牌，畢竟十分鐘不多，或許可以因此換來更長的人生，也沒有什麼不好。

晚上七點半，我開著車在回家的路上，剛剛脫離了市區的塞車潮，準備駛進順暢的郊外道路。

我左手抓著方向盤，右手挪動著後照鏡下方的行車紀錄器，處女座龜毛個性的我，總覺得今天的行車紀錄器位置有些歪斜。

我每天得花兩個小時開車通勤，在車上聽廣播已經是多年養成的習慣，習慣的電台、習慣的ＤＪ，每天為我播送來自不同歌手、不同時空的歌曲，一首首流轉在日復一日的道路上。

然後她的聲音走了進來。

車外沒有下雨，清新空靈的歌聲卻為這座城市畫上一襲雨夜，音符歌詞點點滴滴拍打在我的車窗上，一時之間，我彷彿忘了行進也忘了停止，只顧沉浸在這首歌緩慢凝滯的情緒之中。

「如果寂寞製造一顆星球，你願不願意上來停留？
如果青春剩下一次旅遊，你可不可以牽我的手？
追求你像迷宮沒有出口，追求你像故事無法重頭，
等待我們相遇不管多久，第一眼就決定從此以後。」

這首華語歌壇巨星郭力騏的〈追求〉，是我大學時代最喜愛的一首情歌，那

張專輯到現在還放在我房間的書櫃上，用來紀念曾經有一位我永遠追不到的女孩，以及那些青春的年少輕狂。

也許是那段單戀過於苦澀，廣播裡的年輕女聲，字字句句都像在我心坎撩撥，我的眼裡滿是霧濛濛的雨景，一首懷念的歌曲，一個想念的女孩，一段已經逝去的流金歲月。

一直到ＤＪ的聲音出現，我才從回憶的漩渦裡醒來。事實上，我已經記不得那個女孩的臉龐了，現在追憶思念的，也許只是感慨那些回不去的時光——就像我們錯過的列車，是永遠都追不上的。

不過我好想念剛剛那首歌。

廣播的歌曲也是不回頭的，接下來ＤＪ所播放的歌曲讓我充耳不聞，一路上安安靜靜地，那首女聲版本的〈追求〉兀自在我腦海裡不斷回放。我輕聲喃喃地跟著唱和，彷彿伸手就可以觸及到演唱的她。

回家後，我整個晚上都在搜尋〈追求〉女聲版本的相關資訊，企圖利用發達的網路資訊找到她的吉光片羽，結果卻是一無所獲。雖然有看到幾位素人歌手各有韻味地演唱這首歌曲，卻遠遠不及今晚那條漫漫公路上，掀起一場回憶雨夜的她。

我拿下書櫃裡郭力騏的ＣＤ，重複播放那首〈追求〉，卻發現屬於回憶的郭力騏歌聲，已經被今晚的她給取代，那聲音好像有種潛藏的魔力，讓人忍不住一直想要追尋而去。

隔天一早剛進到公司，我就打電話到廣播電台去，想要詢問昨天它們播放的那首〈追求〉是誰演唱的，但電台人員看起來也沒怎麼認真查詢，就敷衍地推說昨天沒有播這首歌、先生你可能搞錯了巴拉巴拉，不得門道的我也只能悻悻然地掛上電話。

然而我一整天都沒有辦法好好上班，那首歌的女聲好像隨時都在我耳邊輕揚，但當我想要好好傾聽時，卻又一溜煙地消失無蹤，像是握在手裡的細沙，怎麼樣都留不住。

我渾渾噩噩地上班，天黑了，打卡、下班。

坐上駕駛座的我打開廣播，熟悉的ＤＪ聲音傳來，卻依舊沒聽到那首我日思夜夢的女聲歌曲。我嘆了口氣，準備打檔啟程時，瞥見了懸掛在後照鏡下方的那台行車紀錄器。

「對啊！」我興奮地喊叫出聲，一整天的烏煙瘴氣馬上一掃而空。

這台具有錄音錄影功能的行車紀錄器，毫無疑問在我昨晚下班開車回家時，應該錄到了車外沿經的道路，同時也錄下了車內的聲音——包括廣播中那首神祕美妙的女聲歌曲！

我立即打開車內電燈，一把取下行車紀錄器，檢視裡頭的錄影檔案，但該死的大賣場廉價機器竟然在這種重要時刻出了狀況！我焦急地滑動螢幕，東翻西找卻發現裡頭的時間設定錯亂，保存的影片除了今天早上從家裡到公司的影像外，竟然只剩下另外一個影片，我暗自祈禱它一定要是昨晚下班開車的錄影。

它的確是晚上從我公司出發回家的錄影，但行經的卻不是我慣常走的市區道路，而是那條已經許久未走的山路，看來應該是很久之前的錄影了。說來慚愧，因為開車上下班從來沒有碰過什麼特殊狀況，所以這台行車紀錄器裝好之後，我根本沒把它拿下來看過，才導致今天這樣的悲劇發生。

我重重地嘆了一口氣，失望無比地裝回行車紀錄器，關掉車內電燈，打檔上路。

今天明明不是星期五，路上的車輛卻還是特別多，車燈如擁擠的星河閃爍，焦躁的喇叭聲此起彼落，隨波逐流的我無奈地坐困在車潮之中。

左前方一條僻靜漆黑的小路彷彿在對我招手。

我當然知道那條就是剛剛出現在行車紀錄器影片的山路，曾經有過那麼多次，我瀟灑地驅車轉進小路、前進山中，遠遠逃開市區喧囂擁擠的人車。

看完那段影片後，之前奔馳飆速在山路的熱血記憶一下子都回來了，而今晚又那麼碰巧，遇上了該死的塞車潮，一切的一切，都好像為我的下一個行動做了合宜的解釋。

我打了方向燈，從車叢中脫隊，左轉進入了那座不知名的小山。

「好啦！老媽放心，我會慢慢開的。」

自言自語的我笑了笑，乖巧地放慢了車速，黑色車輛緩緩爬上暗沉的山丘，無論如何，路況還是比塞在剛剛那股車潮裡要好上太多。

山路蜿蜒綿長，卻只有遠遠點綴幾盞路燈，途經的景色彷彿躲在陰影之中，即便如此，我還是看到了她。

俏麗的長馬尾，合身的桃紅亮色背心與長版黑色緊身褲，搭配一雙輕巧的白色跑鞋，飛盈的步伐恰好展露出她曼妙的體態，儘管只有匆匆一眼，也沒來得及從後照鏡看到正面，卻足以讓我對這位沿著山路慢跑的女孩留下了深刻印象。對我來說，汗水是晶瑩的化妝品，愛運動的女孩最美麗耀眼。

上班工時長、工作壓力龐大的我喜歡用運動紓壓，然而從小就不擅長球類運動，所以我選擇最簡單直接的運動方式——慢跑。一到假日午後，家裡附近公園或國小，總是可以看到我換上運動服、跑鞋的奔馳身影。

揮汗如雨，穿梭在陽光陰影之中，壓力沒一會兒就被遠遠甩在腦後，呼吸吞吐，一顆心只專注、投入在前進的步伐。

我極力看著後照鏡，但她的身影已消失在昏暗的山路之中。

人類是某種程度健忘與善變的動物，今天我依舊魂不守舍，但掛心的對象已經不是那首女聲版的〈追求〉，改成了那位桃紅衣馬尾的運動女孩。

於是下班後，我理所當然地還是走那條山路回家。

一路暗自祈禱的願望成真了！幸運的我又看到那個充滿青春活力的美好身

影。

我盡量不著痕跡地放慢車速，這次總算從後照鏡瞥見她的面容。一望之下，我竟然感覺整個人都輕飄飄了起來。

好漂亮的女孩。

人與人之間的好感是很難具體形容的，有些女孩你一看到她，就會不經意地想像許多還在很久以後、或者根本不可能發生的幻想：你會想像如果能牽起她的手，不知道是怎麼樣的柔軟；你會想像如果能吻上她的唇，那會是多久不散的濃郁甜蜜。

我雖然沒想到那麼多，不過她讓我想起了那個女孩，那個讓我苦苦單戀、沒有結果只留下痕跡的女孩。

我的車終究是遠離了她，但我的心卻遺落在她飛揚的腳旁。

隔天，我帶著一個黑色後背包去上班，今天上班時間似乎過得特別慢，我盯著牆上時鐘的指針，一分一秒都遲緩地令人難以忍受。

總算捱到下班時間，我匆忙地帶著背包進到洗手間，沒幾分鐘，換上假日慢跑服裝的我已奔出公司大門，跑上那條昏暗曲折的山路。

這條山度的坡度可不是蓋的，只不過十分鐘左右，我全身就已汗如雨下，急著上路、沒有熱身的雙腿隱隱緊繃著，心中不禁暗自佩服那個跑起來輕鬆寫意的馬尾女孩。

而我突然加快了腳步。

是的，遠遠地，我看到了她的背影，精神受到了強大的鼓舞，一咬牙，提高速度跟了上去。

我雖然自認慢跑多年已經頗有心得，但沒想到她更是箇中好手，我們之間始終存在著五十公尺左右的差距，不論我怎麼用盡全力，還是趕不上五十公尺外的美麗倩影，直到氣力放盡，只能停下腳步，氣喘如牛地看著她像一陣風消失在山壁的轉彎處。

沒關係，明天繼續加油。

不知道過了幾天下班後慢跑山路的生活，只知道每次慢跑時都能夠遇見她，而這一次，我總算追到她後方不遠處，近得可以聞到風吹來她身上的幽幽香氣（雖然她貌似都穿同一套運動服）。她跑起來是那麼從容不迫和優雅輕鬆，我卻在後頭粗魯地大口喘氣，但這樣終究是吸引到她轉回頭，看了我一眼。

滿頭大汗的我只覺得全身酥麻，憨憨地對她傻笑了一下。

她的眼神沒有笑意，反而流露出一絲複雜的情緒。

當時的我只能從其中解讀出驚訝與詫異，還有她稍加猶豫就轉過頭去的冷淡，並沒發掘她那一眼裡其實還藏著太多祕密。

她轉回去之後，竟又加快了些腳步。

我雖然一百萬個想跟上她，卻在幾步之後就落入完全追不上的節奏，又氣喘吁吁地看著她消失在轉彎處。

昏暗的山路沒有來往人車，只有孤單的我，此時彷彿響起了背景音樂，依稀是那首女聲版的〈追求〉，唱出那麼多人生無法企及的悔恨。

接下來的日子裡，我開始瘋狂在那條山路上慢跑，甚至不分上班日或假日，只要晚上七點一到，著裝完畢的我就準時出現在那條山路上。雖然一次又一次地追不上她，但漸漸習慣山路強度的我，終於在那一晚跟上她的腳步，我在轉彎處一鼓作氣，竟是超越了她。

我若無其事地從她身旁超越，然後，瞬間跌了一個狗吃屎。

在她面前，狠狠地、毫不加修飾的特大號狗吃屎，直接躺在她前進的方向上，大喇喇地放送出糗情境。

這使她不得不停下腳步（總不能把我當作跨欄跨過去吧），而這也是我籌備多時的計畫最萬無一失的地方。

是的，我這個刻意的狗吃屎，在重力加速度毫不煞停的搏命演出下，簡直跟真的沒有兩樣，還硬是在地上滾了兩圈才止住跌勢。

「哎唷！」我技巧性地叫了一聲，然後不慌不忙地站起身來，拍拍手腳的灰塵，「沒事沒事，我ＯＫ！」

我和她四目相望，昏暗的路燈下，才發現她的眼裡竟只有漠然，冷冷地就像看著一團空氣在地上打滾。

然後她面無表情地跑走了，繼續著她的路跑，又成為一陣消失在轉彎處的微風，留下苦肉計徹底失敗的我。

「沒關係，至少這樣印象夠深刻了吧？」我也只能笑笑地自嘲。

已經忘記自己上次那麼堅持一件事是什麼時候了？是廢寢忘食的大學指考？

還是公司面試前一個禮拜緊張的失眠準備？無論如何，隔天下班，我依然踏上路跑的山道。

就這樣，我和她在夜間山路的追逐遊戲不知道玩了幾回，也許是我的心肺功能已經強壯到足以支持我滿心的愛慕，也許是她總算被我鍥而不捨的真誠感動，總之那一晚，我牙一咬，努力又超越了她，然後我們都微微放緩了腳步，維持一個半身差距、一前一後可以邊跑邊交談的距離。

「嗨，小姐，妳跑得好快喔！」我吐吐舌，語氣由衷佩服。

她瞪著杏眼冷了我一眼，然後總算是對我說話了。

「你走吧，你不會想跟我聊天的。」儘管是冷冰冰的語調，卻是相當好聽的聲音。

我有一瞬間出了神，因為這聲音好熟悉，但我想破了腦袋，還是一點頭緒也沒有。

然後我注意到她的眼眶似乎有些泛紅。

「怎麼了嗎？為什麼我會不想跟妳聊天？」她奇特的言行舉止讓我大感困惑。

她突然停下腳步，我連忙也跟著煞車。

她直勾勾地看著我，用那雙彷彿會說話，卻已經盛滿晶瑩的眼睛。

「你知道我為什麼會跑得那麼快嗎？」她說著，轉頭前卻已是兩行淚水滑下。

「喂！」我叫了一聲想留住她。

我以為她又是轉頭要跑步離開，但並非如此。

——**她直接消失了**。

「憑空消失」應該是最貼切的形容，她像遁入空氣的透明，乾乾淨淨地完全不見蹤影。

「喂？」我嘗試喊著，又詫異又驚訝的嗓音聽起來有些沙啞。

然後在還來不及眨眼的瞬間，她又出現在我的面前，像魔術師揭開一道無色的帷幕，宛如鬼魅般驟然現身。

她紅著雙眼看著我，楚楚模樣俏麗依舊，但被嚇壞的我卻忍不住後退了幾步。她瞧見我驚慌的模樣，低頭嘆了口氣，轉身像一抹逃跑的雲煙淡去，沒有留下隻字片語，只剩呆站在地的我彷彿做了場夢。

回家後，我沖了杯熱咖啡，試圖平息自己今晚的驚魂未定，背景音樂依舊是那首重複播放的〈追求〉。我一邊喝著咖啡，一邊隨手整理著房間，總覺得許多東西都沒有擺在它應該在的位置，就像我的心情一樣零落四散。

咖啡空了，一道夜晚的清涼吹來，我才發現書桌前的窗戶露了一小縫沒關上，我卻不記得自己何時打開窗戶。我關上它，喃喃念著這個好像不是我的房間，就像現在的情緒也不像是我的情緒。

睡前我躺在床上，在纏綿的旋律下回想今晚的奇異經歷：「她應該是鬼吧？」「唉，這麼漂亮的女孩怎麼會這樣？」「不過我怎麼會看到鬼？記得我的八字不輕啊？」

正在胡思亂想之際，我突然從床上驚跳起來，我知道為什麼她的聲音聽起來那麼耳熟了——她就是我那天在廣播聽到那首〈追求〉的女聲！

這樣一切都解釋得通了，難怪我打電話去電台他們會一頭霧水，也難怪我翻遍網路都找不到這首歌，原來是她唱的！不知道為何傳入我車上的廣播，成了我心中縈繞的旋律。

這首歌就是我們之間的緣分吧！恰好是這首歌，讓我想起初戀而印象深刻；又恰好我用行車紀錄器找尋這首歌，才讓我在山路遇見了她。於是我想到了她今晚的淚眼，想到她孤伶伶地消失隱身……我決定明晚再去找她。

因為我相信，人與人的相遇都有它的意義，人與鬼之間應該也是。

隔天晚上，穿著運動服的我又在那條山路上慢跑。

我心不在焉地跑著，四處找尋她的身影。晚上山路有薄霧繚繞，終於我在前方轉角，又看到那抹俏麗的馬尾。

「嘿！」我加快腳步跟上她旁邊，燦笑著打招呼。

她睜大眼睛詫異地看著我，不僅沒有停下腳步，反而又加速往前跑去。

「喂！喂！喂！」我在後面嚷著，只見她越跑越遠，我連忙加快速度，等我跑到她身後時已是臉紅氣喘。

「奇怪……呼……妳明明沒有腳……呼……怎麼還跑得那麼快？」

她聽到這句話，突然停下腳步，安安靜靜地背對著我。

我也停下腳步，心臟撲通撲通地跳著。

然後她噗哧笑了出來。

轉身過來，只見她笑中帶淚，美麗得不像真人，我也回以溫暖的微笑。

這一刻，我想我們應該算是朋友了。

於是我們不再跑步，而是並肩坐在路旁的欄杆上——當然她還是一副輕飄飄的模樣——有一搭沒一搭地閒聊。

「鬼為什麼還要跑步啊？用飄的不是更快嗎？」

對於我這個玩笑問題，她卻沉默了好一會兒。

「沒有辦法投胎、在人間遊蕩的鬼，每天只能做它生前的最後一件事。」她苦笑，眼角又泛著淚光，「我死前就是在慢跑。」

「對不起。」我真心感到抱歉，沒想到會因此觸動她的傷心事。

她搖搖頭，把目光放向遠方，山下的夜景閃爍如畫。

我們先維持了一陣子的靜默，然後她告訴我，三年前她在這條山路慢跑時，從後方被車撞擊、當場死亡，但三年來一直找不到凶手，死得不明不白的鬼是不能投胎的，所以她只能孤獨地在山路上慢跑著，直到有人看見了她，直到她遇見了我。

知道來龍去脈後，儘管三年前的舊事機會渺茫，我還是希望能盡一份力幫忙她看看，於是我在PTT的各大板及FB幾個著名的粉絲團貼文，徵求當天的行車紀錄器影片，祈禱會有奇蹟出現。

再來幾天的晚上，我都到那條山路陪她跑步、聊天，雖然她不太願意談論自己生前的私事，但跟她聊天依舊相當輕鬆愉快，言談中我也常偷瞄她美麗的一顰一笑——如果她還活著，我一定會不顧一切地追求她吧？

然後，我收到了一封PTT的站內信。

來信者表示他有那天事故的行車紀錄器影片，不過希望能當面交給我，而我馬上向公司請假，隔天與他約在市區的麥當勞見面。

他是一個身材高大的年輕人，年紀大概二十多歲左右，比約定的時間還要早到。

「你好。」我向他打招呼，他卻是直直地盯著我看。

「你好，我叫何振嘉。」他終於自我介紹，卻依舊盯著我不放。

「我叫莊宥杰，叫我小杰就可以了。」我被他盯得有些不自在。

「我叫何振嘉。」他像跳針般又說了一次，依然是死盯著我。

「你剛剛說過了喔，我知道。」我勉強笑著，總覺得今天遇到了怪人。「你是不是有那天事故的行車紀錄器錄影啊？」耐心有限的我，直接切入主題。

「嗯。」他用鼻子哼了一聲，從背包拿出一台筆電。

總算要進到重點，我連忙靠了過去，想看得更清楚點。

「你準備好了嗎？」他懷疑地看著我，「我也是考慮很久才決定讓你看影片，希望你在看之前能做好準備。」

「好了好了，你可以放了。」我翻了個白眼，沒好氣地說。

於是他點開了影片。

影片的一開始沒有畫面，而是先流出一段旋律，我一聽就知道是那首〈追求〉的前奏。嗅到了不尋常的氣氛的我，依舊耐著性子看著，而當「她」唱起這首歌時，影片同時出現了畫面。

我不知道如何形容我的震驚，只知道全身頓時失去了知覺，剩下瞪大的眼睛不斷承受當前粗暴的衝擊。

這根本不是行車紀錄器的錄影畫面，而是一部由情侶製作的交往紀念影片，搭配背景情歌及甜蜜的生活照片，卻交織成一部我生平僅見最可怕的恐怖片……

因為裡頭的男女主角竟然是我和那位慢跑女孩。

背景音樂裡她依舊幽幽地唱著，我癱坐在椅子上，頭皮不停陣陣發麻。螢幕中每張照片清清楚楚訴說著我們的曾經，甚至還有我們一起去參加馬拉松慢跑的照片，我卻連一點印象也沒有——彷彿我是個陌生人，旁觀自己過往被支配的生活。

後來那位叫何振嘉的男生先走了，只留下影片和聯絡方式。他說那個女孩叫何欣卉，是他的姊姊，也是與我交往多年的女友，這支影片是她之前送給我的交往五週年紀念禮物。三年前，我和她一起在那條山路慢跑，被後方一台車輛追撞，她不幸當場死亡，而即時避開的我只受到輕傷，卻失去了部分記憶。醫生的說法有兩個：有可能是我的頭部撞擊造成腦部功能受損，或是我面對摯愛死去的打擊過大，心理自然而然地啟動保護機制，讓自己失去了關於她的記憶。

「我常常在想，你到底是不是裝的？」何振嘉說話的時候聳聳肩。他告訴我，雙方家長都認為悲劇已經發生，沒有必要多讓我承受痛苦，於是他們達成共識，共同消除掉何欣卉存在的一切證據，要讓我重新開始人生。但他很不服氣，憑什麼他姊姊就這樣平白消失？為此他和家裡徹底鬧翻，不過他並沒有冒然跑來找我，畢竟事關重大，他難免躊躇不決，就這樣拖了許久。直到他看到我那則徵求行車紀錄器的貼文，認出我的帳號，終於下定決心要把這件事告訴我。

「你還是可以繼續過你的人生，我只是希望你可以記得，我姊姊很愛你，你也曾經很愛她。」這是何振嘉臨走前說的最後一句話。

麥當勞裡人來人往，始終維持著熱鬧歡樂的氛圍，被阻絕在外的我只能茫然無神地看著周遭，不斷回憶我根本想不起來的那一切。

我衝回家中，激動地向媽媽詢問何欣卉的事。

「你到底在發什麼神經，今天怎麼沒有去上班？」媽媽皺眉。

「何欣卉啊！妳不知道我以前有個女朋友嗎？妳不要再騙我了！」我繼續嚷著。

「真的是吃錯藥了。」媽媽搖搖頭，露出擔憂的神情。

擔憂什麼呢？難怪媽媽之前一直叫我不要走那條山路，裝睡的人叫不醒，我知道從她口中問不出真話，所以我也不再糾纏了，逕自回到房間內開始翻箱倒櫃——我不信這麼長的一段感情，會什麼都沒有留下。

結果我在書桌下方抽屜的夾層，那個我學生時代常常用來藏東西的角落，找到了那個牛皮紙袋。

一個陌生的、不知來自何處的牛皮紙袋。

我打開了微微泛黃的它，裡頭是一疊信紙及卡片，寄件者都是「小卉」，而收件人都寫著「小杰」。我讀著她寫給我的信，字字句句描述過去我們共同擁有的美好時光，腦中依稀想起了什麼，但更多的還是一片放逐的空白，不過越是不復回首，卻越是讓我熱淚盈眶——我到底失去了多麼珍貴的人生啊？

「小杰，不管我們能不能走到最後，我都很感謝自己能夠在最美的時刻遇見你。謝謝你愛我，我也愛你。」

開車直奔那條山路的我，一想到她寫給我的這段話就止不住淚水，我終於知道為什麼自己會對那首〈追求〉那麼難以忘懷，原來那不是剛好傳到我車上廣播的巧合，而是她向我求救又思念的訊號！我也終於懂了她第一次看到我那樣詫異而複雜的神情——傻瓜！為什麼要假裝不認識我？又為什麼只讓我幫妳找肇事的凶手？難道妳又想要丟下我離開嗎？

我把車停在路旁，下車飛奔尋找她的身影。

「嘿！找人嗎？」何欣卉從我背後出現，俏皮地打了招呼。

我轉身，不顧一切地抱住她，感覺她像是一團香甜溫暖的空氣。

「小卉，我是小杰啊！」我哭吼著，「我不要忘記妳！」

她驚呆了一下，臉上漸漸也爬滿了淚水，語塞了許久才說：「對不起，是我太自私，不過我真的好想你。」

「小卉，是我對不起妳！是我的錯！」我哭得像個小孩，緊緊擁著無法擁抱的愛人，空蕩蕩的感覺就像我對我們之間的記憶——但是沒關係，不管記得或遺忘、生與死的距離有多遠，這次我們都不會再分開了。

我還摟著她，讓毫無重量的她依偎在我懷裡，山下夜景如星火絢爛，一顆一顆點亮我們的心。

她跟我說了很多我們之前的事，原來我們去過了好多地方，一起經歷了好多事情，而那首郭力騏的〈追求〉，是在北海岸夜裡的沙灘，我拿著吉他自彈自唱向她告白的定情歌曲，一字一句，唱出我們之間的諾言。

她娓娓說著，臉上不時泛著紅暈，雖然我該死的腦袋還是什麼都記不起來，不過擁著她傾聽的此時此刻，已是我一生最幸福的時候。

「如果寂寞製造一顆星球，你願不願意上來停留？

如果青春剩下一次旅遊，你可不可以牽我的手？
追求你像迷宮沒有出口，追求你像故事無法重頭，
等待我們相遇不管多久，第一眼就決定從此以後。」

我輕輕哼著，這首歌是我現在和她之間最熟悉的記憶，她也慢慢跟著和，我們只希望今晚能永遠不要結束。

但天際終究還是泛起了淡淡的晨光，小卉身上跟著浮現光暈，一點一滴模糊了她的身形。

「小卉，妳要走了嗎？」我驚慌地問，第一次感受到分離的難受。

她微笑點點頭，沒有說話。

「好，沒關係，我晚上再來找妳。」如果每天晚上都能在一起，我也心滿意足了。

「不用了，小杰。」她搖搖頭，雖然依舊高掛著微笑，但淚水又爬滿了臉龐，「這樣就夠了，真的。」

「什麼意思？小卉？」我徹底慌了，心裡有極度不好的預感，連忙將她牢牢抱緊，但她的身影卻已經漸漸淡去。

日出的第一道光線灑下。

「謝謝你記得我。我愛你，希望你能有更好的人生。」這是她消失在我懷裡的最後一句話。

我茫然坐在清晨山路旁的欄杆，已分不清楚真實與夢境。

當天我又向公司請假，到超商胡亂買東西果腹，整天守在山路旁期待小卉會突然出現，卻是毫無所獲。沒關係，我把希望放在晚上——

但那夜我就崩潰了，發瘋似地在山路狂奔，大呼小叫地找尋小卉，結果一整夜下來，我卻只能頹然地坐倒在路旁。

「小卉，為什麼妳不出來？」

我哭喊著，我知道她是為了我好，但我也想對她好啊！

但小卉真的是鐵了心，把我一人狼狽地放逐在孤單的山路上。

又迎來日出後，我捱著晨光撥出一通電話，打給小卉的弟弟，何振嘉。

這是我連續第三天跟公司請假，不管課長在電話那頭的咆哮，我知道還有更重要的事等著我。我把事情的來龍去脈都告訴何振嘉，得到他的認同後，我們決定分工合作，各自展開行動，一心一意希望能找回小卉。

是夜，我和何振嘉，以及他請來的道士一起來到那條命運的山路，依舊不見小卉的身影。於是道士開始搖鈴灑符作法，何振嘉捧著小卉的牌位，面容肅穆地回憶著他與姊姊的過去，我則在旁雙手合十，祈求能引領她的執念離開這個地方。

儀式過後，我們在路旁把何振嘉準備的紙紮衣物燒給小卉，希望她能順利收到我們的心意。

離開山路，送走道士之後，我和何振嘉以及小卉的牌位，一起前往我今天才承租的公寓，怕日光燈太過刺眼，我在屋內點起一支支暖黃燭光的白色蠟燭，桌上花瓶交錯放著白色百合與紅色玫瑰，簡單的布置透露著浪漫質感。

何振嘉將小卉的牌位放在桌上，一旁還有我和小卉的放大「婚紗照」——當然不是真實的婚紗照，而是擅長修圖軟體的何振嘉從我們過去的生活照所合成、後製出來，技術高超的他簡直把它做成跟真的沒兩樣，彷彿在某個平行宇宙，何其幸運的我們換上了最華麗隆重的服裝，甜蜜地拍攝出這張擁抱幸福的照片。

而此時此刻，我也換上了一套正式西裝，手裡拿著一個戒指盒，忐忑等待今夜不知道會不會來的新娘。

「小卉，妳願意跟我一起在這裡生活嗎？」我閉上眼，全心全意地向她告白。

等我再睜開眼時，最美麗的新娘已站在我的面前。

小卉換上我們燒給她的紙紮白紗，美得無法用任何詞彙形容。

我緊緊擁抱住她，像擁抱住一襲柔軟的風，感動的淚水雙雙淌在我們的臉龐。

何振嘉顯然看不見小卉，但他看見我激動的肢體動作，連忙追問：「姊姊來了嗎？她來了嗎？」

我點點頭，依舊熱淚盈眶，「小卉，讓我們重新開始，這一次，我絕對不會再放手。」

我單膝跪地，打開戒指盒，拿出裡頭一環雪白的紙戒指，傾我所能的慎重，「何欣卉，妳願意嫁給我嗎？」

小卉笑得好燦爛，晶瑩淚水點綴出盛綻的豔麗。

「我願意。」她哽咽地說出我此生最珍重的應允。

我起身，將那枚紙戒指就著桌上的白色蠟燭點燃，轉瞬燒成的灰燼化作她手中銀亮的光輝，她將它戴在右手無名指上，從此之後，我們都將專屬於彼此。

「我姊姊現在看起來開心嗎？」何振嘉大聲地問。

我用力點頭，與我美麗的妻子帶著淚水相視而笑。

何振嘉掩面而泣，高大的他哭得像小時候小卉的跟屁蟲。

於是我開始了嶄新的生活，公司那邊用努力加班給了課長交待；回到家裡也恢復正常表現，媽媽看起來鬆了口氣。我跟老媽老爸溝通自己年紀到了，該獨立生活了，已經在外頭租了房子，當然我還是會常常回去看他們，也獲得他們的肯定，認為這個孩子是真的長大了。

我搬了一些簡單家具到新租屋處，掛起了不透光的窗簾，點亮一支支白色蠟燭，營造出溫馨、適合小卉生活的新家，就此展開了我們奇妙的同居生活。

她雖然不能吃我做的晚餐，但可以陪我在餐桌聊天；她雖然不能幫忙分擔家事，但我們可以一起窩在沙發看電視；雖然我們無法相擁成眠，但我每天入睡前，都可以看到她美好的笑靨。這樣特別又簡單的幸福，如果可以，我希望能永遠擁有。

幾個月後的某天晚上，小卉在客廳看電視，我則在書房用筆電趕著課長明天要用的投影片報告，結果收到了一封PTT的站內信。

標題是關於我當初徵求行車紀錄器錄影的貼文，雖然事隔多時，但找到真凶一直是我和小卉的心願，我連忙點入信件一看。

「抱歉，這麼晚才回應你的貼文，我從朋友那邊輾轉得知你在徵求那天的行車紀錄器錄影，其實案發時我就已經提供給警方了，不過那台肇事車輛好像是贓車，所以之後還是找不到凶手，案件聽說就不了了之了，但影片還是可以提供給你參考。」

這封信的內容看得我一頭霧水，於是我點開了他附的影片連結。

影片是從後方車輛的視角，前方有一輛黑色自小客車，在更遠的右前方可以看到一個身影，長馬尾、桃紅亮色背心、長版黑色緊身褲、白色跑鞋，我一眼就認出那是小卉，然後注定的悲劇發生了，黑色車輛將她撞倒在地，毫無減速逕自揚長而去，後方車輛連忙停下……

——**等等，為什麼只有小卉一個人？**

我的腦袋像被一道巨大的雷電打中，轟隆隆地突然閃過許多假設畫面：

何振嘉那麼擅長修圖後製照片（我和小卉的虛擬婚紗照簡直跟真的沒兩樣），如果那個交往影片也是他改圖製造出來的呢？

如果他已經跟蹤、調查我很久，清楚我的工作、家庭背景、生活作息、慢跑興趣、過往事情，甚至是印象深刻的那首〈追求〉？

為什麼前陣子我總覺得車上、房間的物品被動過？那天又是誰打開我房間的窗戶？如果何振嘉侵入我車內，放入燒製的假廣播音樂光碟，之後又竄改我行車紀錄器裡的檔案呢？如果他潛入我家裡，在書桌夾層放下那包牛皮紙袋，又如果那些書信內容都是他自己虛編情節亂寫的呢？

如果發生車禍的根本只有小卉，我跟小卉本來就素不相識，那何振嘉跟小卉自導自演了一場謊言大戲，目的是什麼？

只見螢幕中的小卉倒在血泊中，後方車輛的駕駛趕忙下車撥打手機求援。小卉美麗的臉龐像躺臥在豔紅的玫瑰水裡，一雙沒有闔上的眼睛，一動也不動地看著前方，彷彿透過螢幕筆直盯著我看。

「**你在看什麼？**」

我的背後，小卉的聲音聽起來冰冰冷冷的。

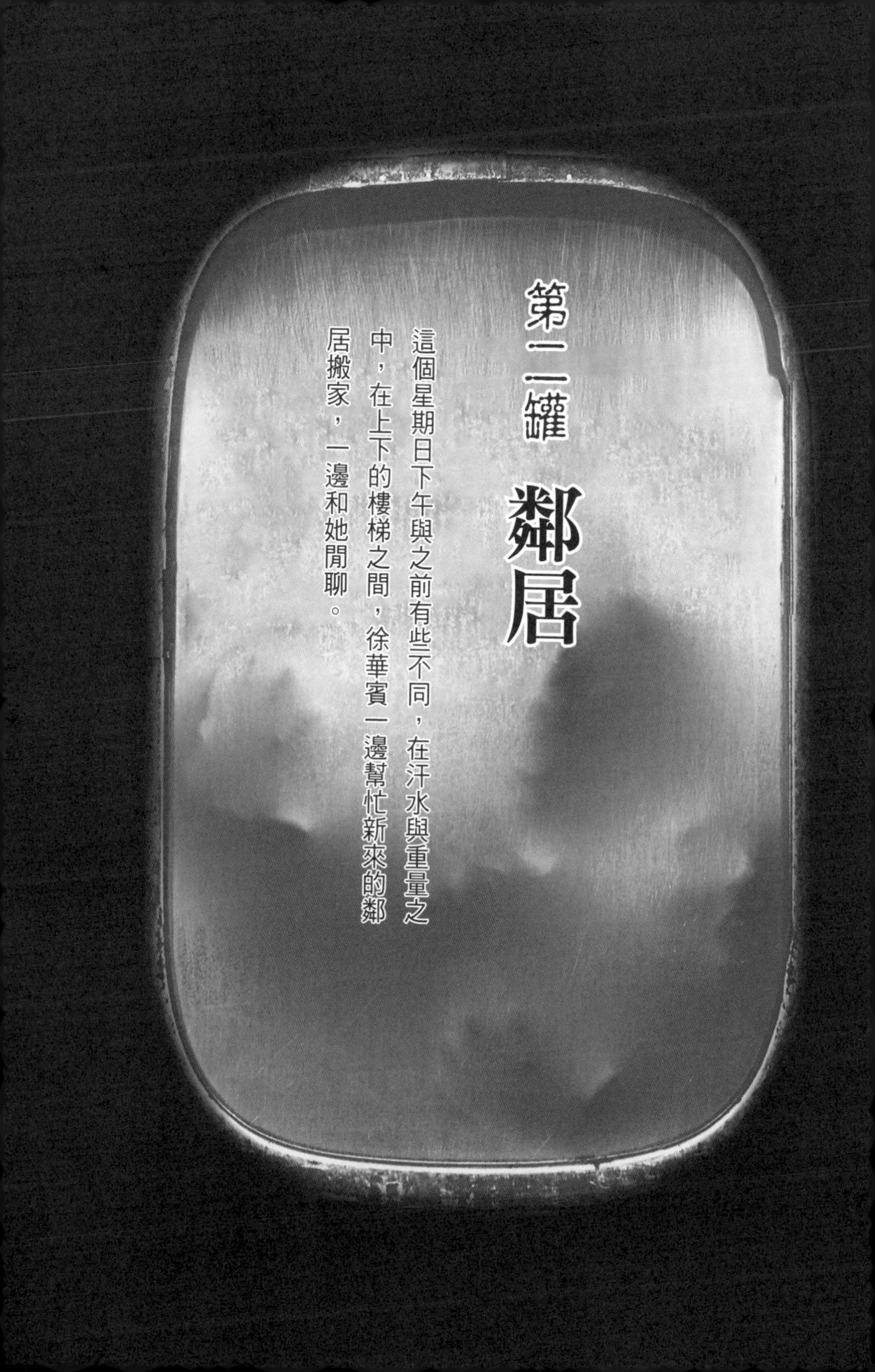

第二罐　鄰居

這個星期日下午與之前有些不同，在汗水與重量之中，在上下的樓梯之間，徐華賓一邊幫忙新來的鄰居搬家，一邊和她閒聊。

從市區的大馬路轉進幾個巷子，晴朗天氣之下穿梭著公車與人群，這是一個不斷重複的周日下午，徐華賓停好機車，走進一棟沒有電梯的老舊公寓。

從大一開始，他住在這棟公寓五樓已經兩年多了。這裡離學校雖然遠了點，公寓雖然老舊了點，但要感謝房東是他的遠房親戚，讓他可以用相對低廉的租金，住進對於大學生來說已經是屬於豪宅等級的三房兩衛。

一層樓只有兩戶，自從那對熱愛歡唱懷舊金曲卡拉ＯＫ的中年夫婦搬走後，徐華賓對面那戶已經好幾個月沒有房客了。當他看到公寓入口處堆滿了大大小小的紙箱及行李箱，直覺就是有新的鄰居要搬來，看來難得獨享的平靜生活要結束了。

他揹著後背包走上樓梯，裡頭裝著他剛剛去模型店買來收藏的動漫公仔。家裡經商、生活寬裕的他，每個月的零用錢大概是同學的兩倍，身為動漫宅，他花了其中三分之一蒐集各式各樣的動漫公仔模型，租屋內那個比他還高的玻璃展示櫃總是讓朋友嘆為觀止地說：有錢有閒真好！

他才剛走上三樓，就看到了她的背影。

簡單的白色上衣及牛仔短褲，將她高眺纖瘦的好身材展露無遺，只見她吃力地搬著紙箱往上爬，一個不小心掉下了一個東西，滾到徐華賓腳邊。徐華賓撿起來，是個有點歷史的機器人玩具。

「啊！不好意思。」她先將紙箱放在樓梯口，走下來向徐華賓打招呼。

徐華賓愣了一下，才將那個機器人玩具還給她。

好漂亮的年輕女生。

徐華賓看著她會笑的大眼睛，心臟偷偷多跳了一下，在她靠近飄送的髮香之中，把機器人玩具還給她。

「我來幫妳搬吧！我就住在五樓。」看著她沒有幫手的辛苦模樣，徐華賓熱心提議。

「好啊，真不好意思，我是新搬來的住戶，我也住在五樓。」她甜甜一笑，自然而大方，「我再請你喝飲料！」

「沒問題！」挽起袖子的徐華賓也回以一笑。

於是這個星期日下午與之前有些不同，在汗水與重量之中，在上下的樓梯之間，徐華賓一邊幫忙新來的鄰居搬家，一邊和她閒聊。

她叫蔡妮妮，是從外表完全看不出來的三十三歲，竟然比同樣屬虎的徐華賓大了整整一輪，在附近的外商公司上班。而徐華賓從不到一個小時的搬運過程中也發現，以她的家具、行李種類數量來看，她應該是單身。

下午五點多，入秋的季節已是黃昏。

徐華賓和蔡妮妮坐在她還沒有整理、空無一物的客廳板凳，喝著外送員送來的紅茶拿鐵。

「今天真的很感謝你，不然我自己一個人，可能要搬到半夜。」蔡妮妮將俏麗的短髮側邊撥到耳後，一雙眼睛總是在微笑。

「哈哈，我手腳這麼快，應該可以算是小鮮肉吧？」有點混熟了的徐華賓半開玩笑，與她聊天就是有種說不上來的輕鬆氛圍。

「可以啊，如果再瘦一點會更好。」蔡妮妮被逗樂了，「以姊的標準，你可能還要再練練，哈哈！」

「那妳下次請我喝飲料記得點無糖啊，我是易胖體質。」徐華賓拍拍自己隆起的肚子苦笑，「還是我待會順便再幫妳掃地拖地，把家具歸定位，當作小鮮肉的訓練菜單？」

「不用啦，這些都弄好，真的要到半夜了，我明天已經請假要專心整理家裡。你明天應該有課吧，我自己處理沒問題的。」蔡妮妮搖搖手，看著百廢待舉的新家，整理起來的確是一個大工程。

「大學生的課介在有跟沒有之間，我們很隨緣的。」徐華賓笑著說，「頂多半夜妳再請我吃個宵夜，但這樣小鮮肉又要毀了哈哈。」

他們邊喝飲料邊閒聊之際，隨著窗外日落，沒有開燈的屋內越來越昏暗，一瞬之間，徐華賓從眼角彷彿看到一個矮小的身影，由客廳閃入房間。

「怎麼了嗎？」蔡妮妮發現他臉上細微的表情變化。

「沒事沒事。」只覺得自己眼花的徐華賓聳聳肩，轉移話題，「我們是不是準備開工了？我高中的家政課可是平均高達八十七分，不能再高了。」

「真的不用啦。」蔡妮妮站起來，打開了客廳的日光燈，「今天真的很謝謝你，也很高興認識你！」

她還在微笑，但徐華賓知道這已經是一種禮貌性的婉拒與警示，再越線可能就會引起她的反感，所以也跟著起身。

「謝謝妳的飲料，歡迎來到我們社區。」他也微笑，帶著還沒喝完的紅茶拿鐵離開，屋外已入夜。

當天晚上徐華賓沒有睡好，心裡的聲音很清楚地告訴自己，他很喜歡蔡妮妮，雖然她的年紀比他大了一些，但好像只要一直看著她的雙眼，彷彿就能擁有一個最豐盛美好的假日。

今天她的眼神，她的髮香，她的每一個細微動作，不斷地在他腦海裡重複播放，搔癢著他甜甜的夢。所以他索性翹掉了隔天四學分的必修課，從早上七點一大清早開始，就像一個過度追求的變態，透過租屋大門的門眼，偷偷觀察對面蔡妮妮的一舉一動。

昨天晚上她應該整理租屋到很晚，早上快十點才出門買早餐，塑膠袋裡看起來是一份吐司跟一杯中杯飲料，標準一人份的早餐，而他也注意到一個讓自己瞳孔放大的祕密——蔡妮妮將一支備用的大門鑰匙，藏放在大門腳踏墊底下。

他吞了吞口水，有些不好的貪婪念頭從腦中閃過，但也就只是那麼一瞬間而已。

中午他胡亂在家吃了泡麵果腹，又從門眼發現，蔡妮妮可能早餐吃得晚，所以並沒有出門吃午餐，而是在下午四點左右換上運動服出門運動，大概五點回家。半小時後，徐華賓訂好了外送飲料，按下對面蔡妮妮的門鈴。

蔡妮妮出來開門，頭髮還有點溼潤，身上的香氣比平常更加迷人。

「哈囉，我剛剛訂飲料要湊免運，這杯請妳。」徐華賓燦笑，遞給她一杯烏龍綠茶，去冰無糖。

「這麼好，我剛剛去運動回來，才想說要出門買飲料。」蔡妮妮也笑了，半掩的大門並沒有要讓徐華賓入內的意思。

「整理得差不多了嗎？」徐華賓稍微探了探頭，裡頭光線有些昏暗，但客廳家具看起來已經就定位。

「差不多了啊，昨天弄到半夜三點，好累喔。」蔡妮妮順了順稍嫌凌亂的頭髮。

「這麼累還去運動？」

「沒有啦，就出去走走散散步而已。」蔡妮妮笑得俏皮，「一把年紀了，不保持運動習慣，真的會變成大嬸啊。」

「有這麼漂亮的大嬸嗎？哈哈！」徐華賓忍不住撩了她一下，「那先這樣啦，等等該換我這個小鮮肉出門去運動了。」

「哈哈，好的，掰掰！」

「掰！」

接下來幾個月，徐華賓穿上了從大一體育課之後就沒再穿的慢跑鞋，有意無意地跟著蔡妮妮的運動習慣，出現在附近國小的操場。幾次刻意的「巧遇」讓他們微笑揮手打招呼，還有幾次更「巧」的是，外出忘記帶傘的蔡妮妮，總是能在巷口的超商前，等不到雨停，卻等到了「剛好」外出購物的徐華賓，讓他們肩並著肩，共撐著一把傘走回公寓。

徐華賓知道蔡妮妮偶爾會網購，他告訴她自己大三選的課少，常常窩在租屋處，可以幫忙收貨，所以成功加到了蔡妮妮的LINE，每天和她多了半小時的網路閒聊。

雖然蔡妮妮沒有再邀請徐華賓進到家中，但彼此日常生活的小互動，都一點一滴滋長著曖昧的情緒。

徐華賓叫外送的頻率越來越高，他請蔡妮妮的項目從飲料、下午茶、晚餐甚至是宵夜，而湊免運、買一送一、手滑按錯等等各式各樣的爛藉口，也被他輪番用了再用。蔡妮妮對於他的默默追求並不說破，除了甜笑感謝他的體貼之外，也會分享自己煮的粉圓湯、義大利麵之類的餐點給他。

「吃完碗要幫我洗喔！再用袋子掛在我門口就好，我等等準備要睡了。」蔡妮妮交給他一個花色便當袋，裡頭是她晚餐煮的排骨鹹粥。

「哇，好像愛妻便當。」徐華賓笑得好開心。

蔡妮妮沒有答話，只是微笑用食指在臉上畫了個羞羞，輕輕轉身關上門。

這畫面簡直融化了徐華賓。

也轉身關上門的徐華賓並沒有馬上享用還溫熱的排骨鹹粥，而是將屋內走廊燈關了，默默躲在房門口，側身偷瞄沒有關上的陽台落地窗。

晚上九點半，長期觀察蔡妮妮的徐華賓知道，剛洗完澡的蔡妮妮會在這時候出來陽台晾衣服，只穿著短薄絲質睡衣的她，白皙的胴體若隱若現。徐華賓的喉結滾動著渴望，他看著她晾掛黑色、紫色、白色的蕾絲內衣褲，要很努力才能克制大學生血氣方剛的衝動，努力克制自己不要去掀起蔡妮妮門口的腳踏墊，用那支她以為沒有人知道的備份鑰匙闖入。

「好，等我一下喔！很快就好了。」正在晾衣服的蔡妮妮朝昏暗的客廳喊著。

徐華賓腦袋卻有如被閃電劈中一樣轟隆隆的。

她的屋內有人？這麼晚了會是誰？是在我今天去上課時進到屋內的嗎？但是我在她門口沒有看到男生或是其他女生的鞋子啊？如果是男生，那我根本就沒有機會了……

當徐華賓滿腦子環繞著負面思想時，蔡妮妮已經晾好衣服，關上陽台電燈，拉起落地窗的窗簾，阻絕了徐華賓的窺視。

那一晚，徐華賓整夜翻來覆去都睡不著覺，一想到蔡妮妮的笑容，想到她美麗的眼睛，想到她的香氣，想到那些日常生活的曖昧，就難過的無法成眠——難道妳在捉弄我嗎？一切都只是妳的惡作劇？

隔天，徐華賓翹掉了所有的課，失眠佈滿血絲的雙眼緊盯著門眼外頭的世界。

蔡妮妮跟平常一樣，在七點四十五分出門上班，她一個人出門，整個白天都沒有人進出她的家門，連外送員也沒有，屋子裡真的有別人嗎？還是他在昨天半夜就離開了呢？

徐華賓停不下滿腦子的胡思亂想，他打算要在門口裝一個監視錄影機，才不會錯過蔡妮妮家中的一舉一動。

今天蔡妮妮比平日還晚下班，六點半了還不見她回家。徐華賓離開門眼，打算從冰箱拿一瓶可樂再繼續窺視。

他從屋內走廊上看到了蔡妮妮家中的陽台有人。

一個五、六歲年紀、留著直髮西瓜皮的小男孩，就坐在陽台邊的矮牆旁。昏暗的燈光月色之下，只見他手裡拿著一個老舊的機器人玩具。

徐華賓認得那個玩具，那是他和蔡妮妮第一次相遇時咚咚咚地掉下樓梯、有歷史感的機器人玩具。

原來她是單親媽媽？徐華賓雖然有點詫異，但這個結果還是比蔡妮妮已經有對象好上一百倍。

「弟弟，小心喔！不要太靠近陽台。」徐華賓從自己的陽台對小男孩喊著。

小男孩只是酷酷地看了他一眼，手裡的機器人已是高高飛起，像是要朝陽台下方衝去。

「喂喂喂！危險！」徐華賓大叫，顧不得那麼多，直接衝出住處，一把掀起蔡妮妮家門口的腳踏墊，取出備份鑰匙開門衝進她屋內。剛跑到陽台時，卻只聽見背對他的小男孩嘴巴發出自製的機槍聲響，「碰碰碰碰碰！衝啊！」

然後小男孩拿著機器人，跳了下去。

陽台在五樓之外。

「啊！」徐華賓慘叫，事情發生的太突然，讓他一時忍不住腿軟，坐倒在地。

這時候蔡妮妮剛好回到家，看到眼前的這片光景也是目瞪口呆、震驚不已。

「啊啊啊！」徐華賓還來不及向蔡妮妮說明解釋，蔡妮妮背後突然出現的身影，又讓他失聲尖叫。

只見一個晃眼，剛剛跳下樓的小男孩現身在蔡妮妮背後，正陰森森地對他微笑。

徐華賓這時候才注意到，蔡妮妮的家中一片漆黑，只有兩盞微弱的紅色燈光，照著客廳角落木桌上的神主牌位。屋內與她年輕清新的外表有著強大的反差，瀰漫著無比詭異的氣氛，也讓徐華賓對於跳樓小男孩的恐懼更甚，只能用顫抖的食指比著蔡妮妮後方，卻怯懦地一句話也說不出來。

「小酷！夠了！」蔡妮妮斥責一句，伸手開了客廳電燈。

漆黑與詭譎一併被光亮吸走，但那個跳樓的小男孩還在蔡妮妮背後對他扮著調皮的鬼臉。徐華賓看著他的雙腳若隱若現，臉色有著不像活人的蒼白，心想這天真無邪的臉龐，恐怕是真的「鬼臉」。

「你看得到小酷？」蔡妮妮小心地詢問，但她早從徐華賓的反應，已經知道了答案。

這是徐華賓第一次在蔡妮妮家中用餐，其實除了客廳角落那張安放牌位的神明桌之外，她家裡的擺設跟一般年輕夫妻的居家沒有什麼不同，還有一區用軟墊、塑膠櫃子組成的遊戲區域，堆滿了各式各樣的玩具。

而那張神明桌上，安放著小酷的牌位。

牌位前方有一個膠水瓶大小的玻璃罐，裡頭裝著一個白色的紙模型，依稀可辨是一個人形模樣。

蔡妮妮說，她在十七歲那年，未婚懷孕生下了小酷，小酷的爸爸是個有婦之夫，捨不得自己原本和樂的家庭，給了蔡妮妮一筆錢以及一句道歉，離開了他們的生活。

堅強而不認輸的蔡妮妮在父母的幫忙下，辛苦地扶養、拉拔小酷長大。她陪他一起玩玩具，教他讀故事書、畫畫，帶他到大大小小的公園、遊樂園玩耍，想要給他一個雖然只有媽媽，卻比別人還要快樂的童年。

「小酷最愛媽媽了！」蔡妮妮每次看到小酷的笑容，都覺得人生的挫折艱困算不了什麼。

直到那次交通意外，蔡妮妮才知道人類的生命竟然如此脆弱不堪。

那天午後，公園沙坑旁，她跟在小酷後方幫他收拾玩沙玩具，一邊還在嚷嚷「小酷，玩具玩完要自己收，不然下次不帶你來了喔」，一邊卻已不見調皮好動的孩子身影。

然後公園門口一聲銳利煞車及碰撞，像是鏤刻在她心臟上的劇痛。

她抱著全身癱軟、滿是鮮血的小酷，忍不住對天嚎哭。

好苦好痛，全身上下像被悲傷狠狠焚燒，她多麼希望自己能跟小酷一命換一命。

再來的幾個月，她的人生陷入一片漆黑。

她看不到吃飯的食物，看不到呼吸的意義，看不到行走的目標，也看不到睡著的夢。

擁有小酷的回憶像是一條繩子，將她垂吊在人生的懸崖邊——掉不下去，卻也永遠爬不上來。

直到她在網路上找到了一個訊息，有如抓住汪洋中的一塊浮木。

於是她帶著小酷的骨灰，開車到外縣市，尋找一間隱身在民宅之中的神壇，哭倒在一位六十多歲、白髮蒼蒼的「邱師姐」腳旁。邱師姐為難地考慮了半個小時，終究是心痛這位肝腸寸斷的年輕媽媽聲聲哀求，收下了那包十萬元的紅包。

「唉，這真的會折壽。」邱師姐止不住搖頭與嘆氣，在白色符紙上用毛筆寫了小酷的姓名及生辰八字，再摺成一個小人形狀，裝進一個膠水瓶大小的玻璃瓶內，最後撒上一小撮小酷的骨灰，封上蓋口。

只見邱師姐左手拿著玻璃瓶，嘴裡不斷喃喃念著符咒，右手食指凌空對著瓶身比劃符文。

蔡妮妮跪在一旁雙手合十，淚眼婆娑，只祈望小酷能夠「活」過來，她願意用一切事物交換。

蔡妮妮離開神壇的時候，邱師姐將玻璃瓶收到黑色絨布袋子內，再三叮囑她。

「此瓶切不可見日光，否則小鬼魂飛魄散，永世不得超生。

「養小鬼乃顛倒陰陽，天地不容，唯有以命養之，每三日親餵自身鮮血五滴入瓶。

「以命養命，終非長久之計。如已可放下執念，再帶此瓶來渡。」

徐華賓一邊吃著蔡妮妮煮的什錦湯麵，一邊聽著超乎自己理解的靈異故事。

「媽媽，我的肚子好餓喔。」在一旁玩玩具的小酷，過來抱了抱蔡妮妮。

「沒問題，你等一下媽媽喔。」蔡妮妮溫柔地微笑，放下碗筷，從抽屜拿出一根針刺了食指，滴了五滴鮮血在那罐玻璃瓶內，原本臉色蒼白的小酷彷彿增添了幾絲紅潤，又精神奕奕地在屋內東奔西跑。

以命養命，一轉眼已經十一年了。

雖然小酷再也不會長大了，但在每個媽媽眼裡，孩子永遠都是孩子。

「這樣子，妳的體力可以嗎？」徐華賓注意到她滿是針孔痕跡的指頭，擔心地問。

「沒問題的，也就是幾滴血而已，我多吃一點就補回來了啊。」蔡妮妮笑著回答，「我只希望能夠永遠跟小酷在一起。」

「還是我以後也來幫忙餵血，我之前還蠻常捐血的，有時候一次就捐五百CC，應該可以讓小酷吃很飽。」徐華賓突然心念一動地說，不知道為什麼，當他知道蔡妮妮有這麼一段黑暗的過去之後，更生起了想要保護她、照顧她的念頭。

雖然「養小鬼」這件事還是古怪無比，但在她身為母親角色無盡的不捨及關愛之下，似乎也就合情合理了。

「傻瓜，你又不是他爸爸，幹嘛養他。」蔡妮妮還是笑著，內心充滿感激，「不過除了我以外，你是第一個能夠看到他的人，也許小酷很喜歡你喔！」

「才、沒、有。」聽到關鍵字的小酷轉過頭來，對徐華賓吐了吐舌頭，逗得蔡妮妮及徐華賓哈哈大笑。

徐華賓後來發現，小酷跟一般的小男孩也沒什麼不同，一樣喜歡看電視，玩玩具，當然也一樣對他家裡的動漫公仔模型感興趣。

為了追求蔡妮妮，愛屋及烏的徐華賓自告奮勇，利用沒課的時候來陪小酷玩，當起了小酷的半個保母。他知道平常在蔡妮妮家中都不能拉開窗簾，避免日光照到那罐玻璃瓶，而每天下午四點、陽光傾斜的時候，可以帶小酷出門走走，但記得要用黑色絨布袋裝著那個玻璃瓶，小酷就會一起跟著到附近的國小玩溜滑梯——當然別人看不到他，所以徐華賓要注意自己跟小酷的互動，避免引人側目。

徐華賓這時侯才想起來，難怪之前他偷偷跟隨蔡妮妮到國小運動時，常常看到她坐在小朋友的溜滑梯設施旁邊，看著成群追逐玩耍的小孩子微笑，當時他還傻傻以為她只是喜歡小孩而已。

小孩子總是喜歡大人的陪伴，多了徐華賓這半個保母之後，小酷的笑容比之前還要多，每次徐華賓要回家時，小酷都還會躲在蔡妮妮腳旁，探頭探腦地依依不捨。

「真的很謝謝你幫我照顧小酷。」徐華賓在蔡妮妮家吃完晚餐後，蔡妮妮送他到門口，在他的耳旁輕輕地道謝，也輕輕地吻了他的左臉頰一下。

徐華賓愣在當場，臉上出現紅暈的蔡妮妮只是甜笑著，用食指在自己臉上劃了個羞羞，輕輕轉身關上門。

這畫面徹底融化了徐華賓。

他願意接受她的一切，也願意為了她付出一切。

「機器戰士來囉！恐龍不要跑，發射一號火箭砲！」徐華賓拿著一個機器人模型對決小酷手中的暴龍玩具，認真投入地製造砲火音效，「轟轟轟！碰碰碰！」

只要是小酷喜歡的模型玩具，徐華賓通通都搬來蔡妮妮家中，每次都和小酷玩得哈哈大笑，他也說不上來到底是愛屋及烏的心態使然，還是自己真的童心未泯，喜歡上了這個調皮可愛的小男孩。

「阿賓叔叔，你的指甲好髒喔！」小酷皺眉，小大人似的口吻，「我媽媽說每個禮拜都要剪指甲啊，不然會有細菌！」

「有嗎？」徐華賓看一下自己的手指甲，真的黑黑髒髒，八成是剛剛帶小酷去公園玩沙坑時弄的。

「指甲剪給你，媽媽不喜歡髒髒喔，你等一下吃晚餐會被媽媽罵！」小酷從客廳抽屜翻出了一個指甲剪，對徐華賓眨了眨眼，像是兄弟間的小默契。

「哈哈哈！沒問題！」徐華賓大笑，坐在地上垃圾桶旁邊剪起指甲。

小酷也蹲在一旁看著，沉默了一下才說：「以前媽媽也會幫我剪指甲，但後來我的指甲都沒有再變長，所以媽媽就不用再幫我剪指甲了。」

他的語氣低低的，讓徐華賓忍不住摸摸他的頭，卻只能摸到小酷周遭的空氣。

小酷可以碰觸沒有生命的物品，但不能跟人接觸，他一定非常想念媽媽的擁抱。

「沒事的，小酷，媽媽一定會一直陪著你。」徐華賓對他微笑。

「叔叔也會嗎？」小酷又對他眨眼，「你是不是喜歡我媽媽？」

「哈哈哈！」徐華賓又是一陣大笑，雖然小酷只是小朋友，他還是有些尷尬，「小孩子不要亂說話，叔叔跟媽媽是好朋友喔。叔叔喜歡媽媽，也很喜歡小酷啊！」

「啊！」小酷好像突然想起了什麼事，匆忙地跑到房間內東翻西找，等到徐華賓剪完指甲後，小酷拿了一張圖畫紙跟彩色筆過來。

只見圖畫紙上面畫著三個人，一個爸爸，一個媽媽，中間牽著一個小男孩，旁邊有一間紅色屋頂的綠色房子，左上角有黃色的太陽。

媽媽人像的洋裝上有著蔡妮妮的簽名，小男孩的上衣則有小酷簽名的「小ㄎㄨ、」，只剩下爸爸的畫像還沒有寫字。

「叔叔，你可以幫我簽名嗎？」小酷笑得很燦爛，他是真心喜歡這位阿賓叔叔。

徐華賓微笑，接過小酷的彩色筆，在這幅溫馨的家庭圖畫上，在爸爸的人像位置旁，簽了自己的姓名。

他知道，這對於小酷來說，是一種慎重的承諾。

「吃飯囉！今天吃披薩！」大門打開，蔡妮妮提著一盒香味四溢的披薩回來了。

「收……收起來！」徐華賓催促小酷，小酷拿著圖畫紙就往房間跑。

「怎麼了嗎？」蔡妮妮困惑。

徐華賓跟小酷卻只是互相眨了眨眼，異口同聲：「祕密。」

一個大男孩跟一個小男孩，都笑得樂不可支。

時間過得很快，保母兼學生的忙碌日子過得更快，幾個月的時間就像一轉眼，徐華賓快要畢業了，已經在附近公司找到工作的他，有了穩定下來的念頭。

他藏在房間床下地板的巨幅拼圖快要完成了，也量身訂作了一套灰黑西裝，等到畢業後，他就要向蔡妮妮求婚。他在鏡子前試穿那套西裝，繫起領帶的模樣雖然還是青澀未脫，但他知道自己已經思考清楚，不管未來多難，他都願意承擔，只要能跟她一起分享每一天。

「小酷你看，叔叔帥嗎？」徐華賓拉緊深藍色領帶，雀躍的表情像個大男孩。趴在地板幫忙拼拼圖的小酷用雙手撐著下巴，酷酷地看了他一眼，「有點胖，還是機器人比較帥。」

「臭小子！」徐華賓笑罵，轉過身看著鏡中的自己，緩緩說：「叔叔一定會好好照顧你和媽媽的。」

小酷沒有回話，只是低頭看著地板上的大拼圖，那幅徐華賓用繪圖軟體合成的三人合照拼圖，眼睛紅紅的。

有人說過，計畫總是趕不上變化，人生總是在意想不到的地方出現轉角，讓人措手不及的只能跌倒，只能疼痛。

那天蔡妮妮回來的比平常還晚，晚上七點半，徐華賓跟小酷都已經收拾好玩具了，卻還是等不到蔡妮妮開門的聲響。

當徐華賓正想打電話關心蔡妮妮的狀況時，她總算回來了。站在門口的她，手上提著一袋外帶拉麵，臉色看起來疲倦而蒼白，但面上依舊掛著微笑。

「肚子餓了吧？準備吃晚……」

蔡妮妮的話還沒有說完，就像一個斷線的木偶，突然向前癱軟倒下，徐華賓連忙抱起了她。

「妮妮！妮妮！」徐華賓焦急地想喚醒她，但懷中的她依舊無力昏迷，孱弱的呼吸起伏著沉重的疲憊。

「媽媽！媽媽！嗚嗚……媽媽……」從來沒看過媽媽如此虛弱模樣的小酷，忍不住嚎啕大哭起來。

醫院，冰冷蒼白的急診室。

「蔡小姐的檢查報告出來了，各種指數都正常，沒有什麼大問題，可能是平常工作壓力太大、太勞累才會突然暈厥，回家後多休息、多喝水，再觀察看看，如果有問題再回門診治療。」醫師拿著報告資料向徐華賓及蔡妮妮說明，看來蔡妮妮的身體狀況並沒有太大問題——至少從醫學上來說。

深夜時分，徐華賓攙扶蔡妮妮回到家中，焦急等待的小酷一直守在客廳。

「媽媽！媽媽！妳還好嗎？」小酷連忙奔到蔡妮妮身旁關心。

「小酷，不用擔心，媽媽只是太累了，多休息一下就好了。」依舊虛弱的蔡妮妮勉強擠出一個微笑，習慣照顧孩子的母親，總是不想要讓孩子擔心。

攙扶著她的徐華賓卻發現，當小酷靠近的時候，蔡妮妮的身體藏不住隱隱微微地發抖，臉色也更加蒼白。

她會冷，但不想被小酷發現——她怎麼能讓小酷知道，當小酷越靠近她，她就會越來越冷，身體就會越來越虛弱？

「小酷，你先去玩一下玩具，叔叔帶媽媽回房間吃藥休息。」徐華賓從櫃子上拿出一個新的模型玩具吸引小酷的注意，「來，這個新的機器人給你，它可以變成飛機哦，很酷！我等等再來陪你一起玩。」

「哇！機器人飛機！」小酷看了一下蔡妮妮，「媽媽，那妳要多休息哦！」

蔡妮妮壓抑著逼近的寒冷，點點頭，依舊露出溫暖的微笑。

關上房門，蔡妮妮吃完藥後平躺在床，徐華賓幫她蓋上棉被，她的雙頰顯然紅潤了許多。

「沒事的，我多休息就好了。」回復精神的蔡妮妮，輕拍著徐華賓的手掌，「謝謝你！」

「妳應該知道，是因為小酷的關係吧？」徐華賓衝口而出這句話，表情帶著掙扎及不捨。

蔡妮妮沉默了。

「邱師姐早就跟妳說過，養小鬼不是長久之計。」徐華賓的用詞雖然直接，但神情語氣沒有絲毫責備，而是感同身受的痛苦，「妳這樣一直用妳的命去養小酷，今天妳倒下了，再來還能支撐多久呢？」

蔡妮妮依舊沉默，淚水已掛在眼眶。

其實這個問題她不是沒有想過，但身為母親的她，又怎麼能想出答案呢？

雖然已經十一年了，但對她來說，再多的十一年也不夠。

「沒關係，慢慢來。」徐華賓不忍心讓她陷入抉擇，深深給了她一個擁抱，「等妳準備好了，我們再一起好好跟小酷告別。」

擁抱之下，蔡妮妮的淚水終於潰堤。

「我知道……我知道這樣不好……我……但我好捨不得小酷……嗚……真的捨不得……」

房門之外，拿著機器人的小酷，只是靜靜聽著媽媽的痛泣聲。

隔天，蔡妮妮的身體狀況恢復良好，不想請假被扣薪的她，努力打起精神上班。

「小酷，今天要好好聽叔叔的話哦，媽媽今天會早點下班回來陪你！」出門前，蔡妮妮一如往常的溫暖笑容。

「好。」小酷點點頭，雖然有些欲言又止。

他看著媽媽關上門的背影，比平常多看了幾秒。

「小酷，今天要玩什麼呢？」徐華賓又從家裡搬了好幾盒玩具模型過來，「你看，昨天那隻飛機機器人，它可以跟這兩隻機器人組合哦！」

小酷沒有回應，只見他慢慢在地上坐了下來。

「小酷？怎麼了嗎？」徐華賓連忙過去關心。

「叔叔，我昨天有聽到你跟媽媽說的話。」小酷頭低低的，卻遮掩不住更加蒼白的臉色。

徐華賓一時竟然無語，他沒有想到小酷會聽到那段話。

「我知道這樣對媽媽不好……」倔強的小酷還是流下了淚水，稚嫩的臉蛋承受不住傷心，「我想要讓媽媽好好生活，永遠健健康康的。」

「小酷……」慌亂又心疼的徐華賓想不到適當的措詞。

「叔叔，你可以幫我錄影嗎？我有一些話想告訴媽媽。」小酷擦掉淚水，像是做了一個決定。

「好。」徐華賓拿出手機，對著坐在客廳地板的小酷錄影，但鏡頭裡卻空無一人，只能錄到小酷說話的聲音。

「媽媽，謝謝妳一直以來這麼照顧我。」看著鏡頭的小酷又哭了，「我知道自己很久以前就已經死掉了，但我真的好喜歡媽媽，媽媽妳也很愛我，我們都捨不得分開，所以媽媽妳把我留了下來，我真的好高興哦！」

徐華賓聽到這裡也哭了，拿著手機的手微微顫抖。

「媽媽，可以了，我已經很幸福了。雖然我吃不到妳煮的飯，也沒有辦法抱抱妳，但我真的很開心可以跟妳住在一起，可以聽妳說故事，可以跟妳一起睡覺。」小酷撇著小嘴，吃力地忍住哭泣，「我真的好想要妳永遠都當我的媽媽！」

小酷停了一下，用小手擦掉不斷滴下的眼淚。

「但是媽媽，妳一直跟我在一起，妳的身體會越來越差，我希望妳能夠健健康康，所以……所以媽媽，妳讓我離開吧。」小酷看著鏡頭，好像最愛的媽媽就在眼前，「我一定會回來再當妳的小孩，妳永遠都是我的媽媽……媽媽，妳不要忘了小酷哦……」

小酷說著說著，突然往旁邊倒了下去。

「小酷！你怎麼了？」徐華賓連忙停止錄影，只見小酷的臉色蒼白異常，身影也模糊般若有似無。

「叔叔……我……我的肚子好餓……」小酷的聲音相當虛弱，徐華賓這時候才想起來，蔡妮妮昨天昏倒送到醫院急診，回來後也沒有再餵血給小酷，難怪小酷變得這麼虛弱，逞強的小酷竟然什麼都不說，一直撐到現在……

「小酷，你等我一下！」徐華賓連忙衝到客廳，跑到那張安放小酷牌位的神明桌，拿起那個豢養小酷靈魂的玻璃瓶。他用抽屜裡的針刺了手指一下，滴了幾滴鮮血入瓶。

「小酷，這樣有比較好嗎？」徐華賓擔心地問。

但他發現自己突然像被麻醉一樣，全身動彈不得。

只見小酷站起身來，拍拍身上的灰塵。

小酷的表情變了，冷酷地絕對不是一個六歲孩子的模樣。

他冷笑一聲，從徐華賓僵硬的手接過那個玻璃瓶，打開瓶蓋，從瓶中取出那張沾上徐華賓鮮血的人形白紙。

小酷展開白紙，有幾片碎屑掉落，是指甲屑。徐華賓想起了小酷要他剪指甲的那天，倏地一股寒意直冒上心頭。

那張人形白紙並不是寫上小酷生辰八字的小紙人，徐華賓認得它，那是一個爸爸的人形，上頭還有徐華賓的親筆簽名。小酷不知道什麼時候從那張全家福的圖畫紙剪下來，裝進了玻璃瓶，再放入徐華賓的指甲，最後再由徐華賓滴入自己的鮮血。

小酷偷偷調換了神明桌上的玻璃瓶，心急要餵血的徐華賓沒有細看，就這樣掉進小酷的陷阱。

「徐華賓，你什麼咖？蠢成這樣也想追我媽？憑你能夠給我媽幸福嗎？」變了一個人似的小酷用手指輕輕彈了一下爸爸紙人的胯下，徐華賓立刻痛得哀嚎起來——紙人承受的疼痛，完完整整地轉移到他身上。

「死大學生色情狂，你不要以為我不知道你之前一直在陽台偷看我媽穿著睡衣晾內衣褲！」小酷越說越氣，手指彈打的力道越來越大，不能移動分毫的徐華賓痛得流下鼻涕眼淚。

「去你媽的，你真以為我還是六歲小孩啊？」小酷笑了，笑得可憎又可怕，「每天跟你玩扮家家酒的笨遊戲真是累爆我了！你他媽最後竟然還想搞走我，想自己跟我媽遠走高飛？我去你媽的！」

小酷一邊從抽屜拿出針線，一邊操縱著爸爸紙人，徐華賓無法自主地走到窗戶旁，靠近窗簾的繩線。

「你……你要做什麼？不……不要亂來……」驚恐萬分的徐華賓根本無力抵擋，眼睜睜看著小酷用黑色的織線繞上爸爸紙人的脖頸，他竟然也只能跟著用窗簾繩線繞住自己的脖子。

再來，他什麼話都說不出來了。失去呼吸的過程中，他只能瞪大雙眼，不可置信眼前活生生的恐懼。

小酷從櫃子拿出真正豢養自己的玻璃瓶，交到徐華賓顫抖的手上。他動了一下爸爸紙人，只見在斷氣之前翻白眼無意識的徐華賓，仰頭吞下了那個玻璃瓶。

小酷閉起眼，舉起雙手，那張爸爸紙人翩翩落下。

落地之時，小酷的身影已經消失無蹤。

晚上六點，穿上灰黑西裝，精心打扮的徐華賓難掩緊張，在客廳踱步著，那幅他和蔡妮妮、小酷三人合影的拼圖就放在一旁。

再過一會，準時下班的蔡妮妮就會回來了，緊張慎重的徐華賓，像是要迎來人生第一場約會。

——該如何告訴她，自己有多麼愛她呢？

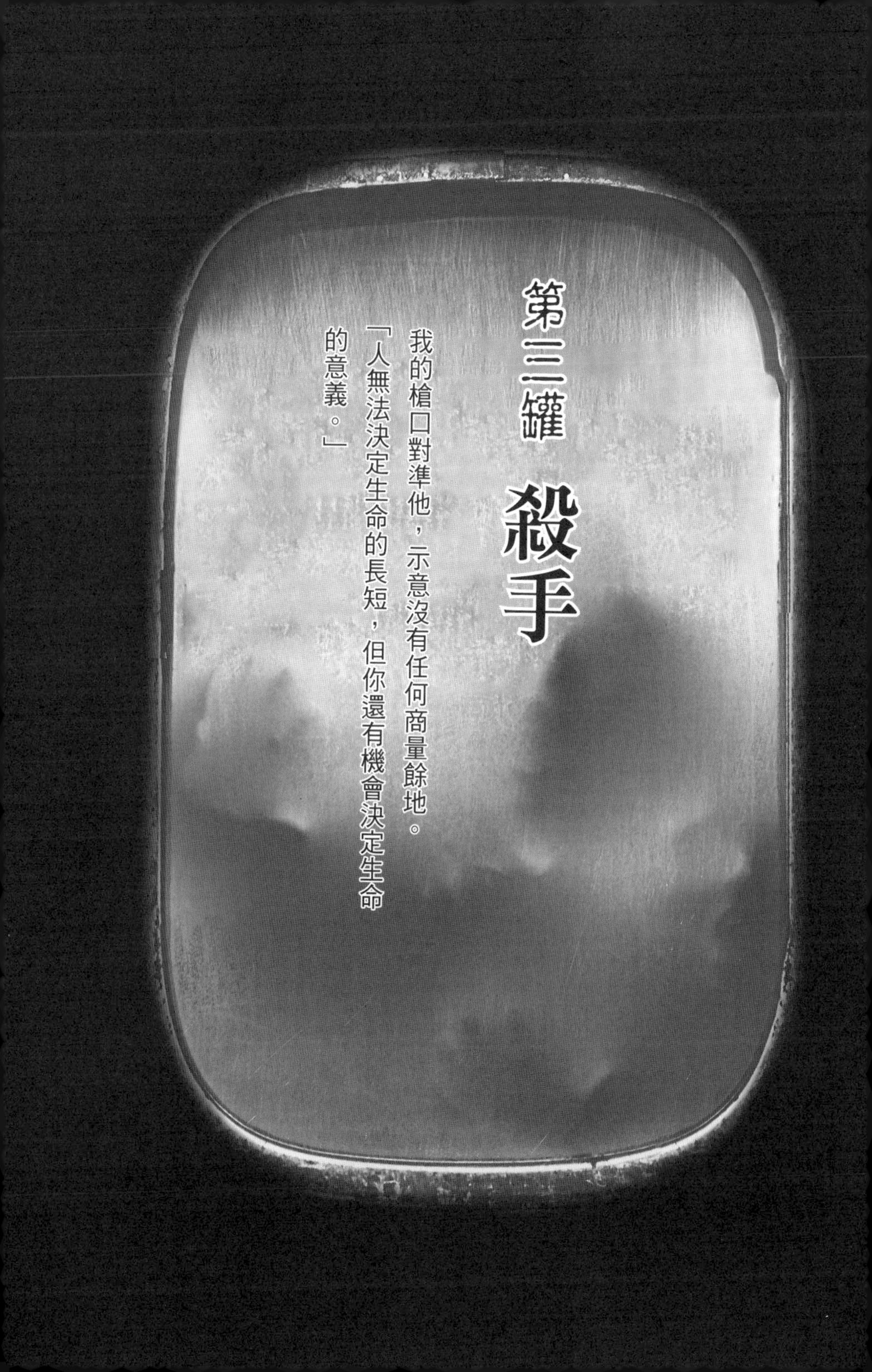

第三罐　殺手

我的槍口對準他，示意沒有任何商量餘地。
「人無法決定生命的長短，但你還有機會決定生命的意義。」

台北市大安區，二十一樓的高度收納在一幅落地的窗景，夜晚的101大樓像是城市的伸展，光影天空。

心情惡劣的江瑋毓還沒換下略帶褶皺的襯衫西褲，只鬆了鬆深藍領帶頭，倒了一杯紅酒，重重地坐上客廳沙發，無心欣賞眼前盛開的台北市夜景。

「她是怎麼拿到影片的？徵信社？有人跟蹤我？她是不是早就懷疑我了？小孩怎麼辦？她會來真的嗎？」

驚訝、疑問、憤怒及懊悔一重一重交替，自從今天上午他老婆氣沖沖跑來辦公室，當著幾十名職員面前甩了他一巴掌後，這些負面情緒就不斷湧出。

哭紅雙眼的她不發一語離開，只在公司公用群組留下一個短片，內容就像每部外流的性愛偷拍影片，畫質差、燈光昏暗而角度偏斜，但仍足以讓大家辨識出是江總經理以及一名身材火辣、不知名的長髮女主角。

情緒太滿，讓紅酒不容易入喉，江瑋毓喝得很慢，總覺得味道比平常酸楚，醉意卻來得凶猛，不過半支高腳杯的量，已經讓他有些目眩。

「這樣很好，也許這些煩人的事就明天再說。」江瑋毓心想。

她一整天不接電話不回訊息，任由那部偷拍短片在公司發酵，雖然沒有人敢在群組回應，但江瑋毓可以輕易想像自己已經被底下員工如何嘲笑調侃，幾百人等著坐看好戲的糟糕心態。

「離婚？小孩會歸我嗎？要不要乾脆把公司賣了？媒體那邊怎麼辦？影片應該早就外流了？」越想越是心煩，江瑋毓仰頭，灌入剩下的紅酒。

醉眼迷濛之間，江瑋毓看到了「我」。

我從房間外的走廊進入客廳，從燈光外走到他面前。

見到家中突然出現的陌生男子，江瑋毓應該非常震驚，但醉意與驚嚇讓他無法立即做出適當的回應，除了一副難以置信的表情外，他連尖叫都未喊出。

「沒事的。」我坐在他旁邊的沙發，拍了拍他的肩膀，希望他能放輕鬆一點。

雖然我手上拿著一把漆黑的制式手槍。

客廳中凝結的空氣維持了幾秒鐘，江瑋毓終於開口了。

「是我老婆找你來的？」他說話時背後冷汗直流，簡直不敢相信她會如此瘋狂，「她要錢？還是小孩？我都可以給她！」

「看來生命真的很重要啊！」我笑了笑，「雖然照規定我不能透露委託人的身分，但我告訴你誰不是委託人應該還好吧？我不是你太太找來的。」我不等他回答，自顧自地解說起來，「事情的前因後果還是要分清楚，我想委託人也不想花了大錢還被誤會。」

「錢！他給你多少錢？我給你雙倍！不，三倍！」聽到關鍵字的江瑋毓突然大叫著。

我將槍口輕輕抵著他的下巴，用食指比了個噤聲動作。

「講錢就真的俗氣了，你這樣不是害我很為難嗎？你給我三倍的錢，委託人如果又加碼，那不是沒完沒了？」我怪笑，「錢當然是越多越好，不過幹我們這行的還是要有職業道德，我收了我認為合理的價錢，就要負責完成工作。」

「砰！」這不是槍聲，是我發出的狀聲詞，卻把江瑋毓嚇得哇哇大叫，鼻涕淚水瞬間齊流。

「哈哈，有錢人的命真的沒有比較了不起！」看著這位上市公司總經理如此狼狽的模樣，我收起了槍，忍不住大笑。

「你到底想做什麼？拜託，我還有兩個小孩，他們現在……」被我捉弄的江瑋毓彷彿看到一線生機，開始向我求情，我搖了搖頭打斷他。

「江總，你不要誤會，今晚你一定得死。」我摸了摸鼻子，雖然已經數不太清楚了，但每次向目標宣告他的死亡時，我總是懷抱些許歉意，「只是不能被槍殺啊，這樣我會被打負評的。你一間這麼大公司總經理，在家裡被槍擊身亡，警察認真調查起來，不管是我還是委託人都會很麻煩。」

江瑋毓茫然地看著我，體內的酒精翻滾著不尋常的訊息。

我看著他發紅的雙眼，知道要長話短說了。

「餐桌上的那瓶紅酒是我的特調，加了一點藥物，等等要麻煩你配合一下。」我打開了客廳的落地窗，外頭夜風吹拂著我的亂髮，「都是一些你家裡本來就有的藥物，安眠藥之類的，心情不好的人吃這些很稀鬆平常，它會幫助你放鬆，讓你感到有點疲倦，有點想睡。

「現在檢察官跟法醫都很謹慎，驗出太特別的藥物反應容易被懷疑，藥量重到讓人昏迷也會起疑，真是棘手。」我用槍抵在他背後，示意他走到窗口。

「跳下去，好好睡一覺。」我命令。

「哈哈哈哈，你以為我瘋了啊？我幹嘛跳樓！」江瑋毓像豁出去一般怪叫，「你開槍啊，你有種開槍啊！」

面對他的挑釁，我只在他耳旁輕聲說了一些話，一些關於他兒子女兒的資料，一些難以置信的生活細節，然後我收起了槍，坐回沙發。

「其實就算差評，我還是得完成工作，之前也不是沒有這樣的經驗。」我冷冷地盯著他，「只是獲得差評，我的心情也會跟著變差。你是公司主管，應該很能體會這種求好心切。」

窗外夜風吹得江瑋毓頭痛欲裂。

「現在只有兩個選項。」我耐心地說明，「第一，你從這裡跳下去，大家都會感謝你，我的任務完成，事情就到此為止。」

我又拿出了槍，「第二，如果你抵抗或試圖求救，我只好開槍，用最糟的備案離開，再去找你的寶貝兒子女兒算帳。」

江瑋毓吞了吞恐懼的口水，像嚥下自己的血肉。

我的槍口對準他，示意沒有任何商量餘地。

「人無法決定生命的長短，但你還有機會決定生命的意義。」我生硬地說著之前在日曆上看到的人生格言。

酒精、藥物、槍枝的逼迫，恐懼、懊悔、無助的催促，此時此刻的江瑋毓，比誰都還要脆弱。

他覺得好累，眼角瞄到，就在一百多公尺的下方，那裡有一張好柔軟的床。

時間倒轉回五天前，我在台北地下街編號十五的藍色置物箱內，取出「那個人」留給我的牛皮紙袋，裡頭有江瑋毓的幾張照片、他大安區豪宅樓層的入出門禁卡，另外一份書面資料記載他的住址、工作、家庭狀況等等詳細調查報告，以及大安區住處各個監視器的「空白時段」。其中最重要的是，本次行動的「理想劇本」：五天之後，江瑋毓的太太會接到一個短片，是幾週前江瑋毓在外偷情的性愛影片，出身名門、性格潑辣的她不甘受辱，會和江瑋毓大吵一架，不久後，影片開始在網路平台流傳，媒體爭相報導，平常形象清新良好的江瑋毓則受不了性醜聞及家庭破碎的壓力而輕生。

躺在不用登記身分的廉價旅館充滿霉味的床上，我懶洋洋地看著電視新聞快報，江瑋毓跳樓身亡的消息已竄上各大新聞台的跑馬燈。

「91。」工作手機傳來訊息，是這次工作的評分，每次事成之後，「那個人」就會為我的工作成果打分數，基本上越是符合劇本的行動分數越高。我們把殺人行動包裝成自殺或意外，分數與安全性的高低成正比，完美的行動有如命運般，讓目標自然而然地走上絕路。

如果你不是名人，新聞報導對於自殺或者意外身亡的關注程度，總是遠遠低於凶殺案件，而不被揭露的傷疤就不會感到疼痛。

可惜世界上沒有完美的計畫，再怎麼縝密的劇本也無法避免脫稿演出，所以我並不是嚇唬江瑋毓，每次行動總是攜帶著手槍的我，隨時都做好最壞的打算。

只要高於70分，約定款項就會在八小時內匯進他為我準備好的人頭帳戶，超過85分的行動還會有額外的獎金，截至目前我的平均分數是88.35分，如果不是那幾次不及格的出手，我的分數一定在90分以上。

那幾次經驗真的糟糕透頂，完全失控的劇本、瘋狂逃命的目標，我只能野蠻地用槍轟掉他們的腦袋，讓現場腦漿、血漬噴得亂七八糟，留下一堆可以追查的痕跡，危險至極。後來我不僅沒有拿到約定的款項，還被停了幾週的任務，直到「那個人」幫我把一切清理完畢，方便社會更快遺忘。

事實上我別無選擇，從我入行的那一天起，「那個人」就告訴我，接單七天內沒有殺掉目標，或者讓目標跑了，他就會親自殺了我。

我是殺手，他是殺手的殺手。

我從來沒看過他，甚至沒聽過他的聲音，一切的聯繫方式都依靠那支工作手機，以台灣目前通訊監察的能力來說，這是他隱藏身分最安全的方式。

我們是在網路上認識的，在我最窮困潦倒的時候，他給了我機會，一個用別人的生命換取大把金錢的機會。

起初難免受到道德束縛，有綁手綁腳的罪惡感，不過時間久了之後，我慢慢認識到這不過就是一件工作，有人花錢消災，也有人花錢買災。

不過，我有個難以戒除的壞習慣，不知道是否自己內心深處還有所謂的良知，心理會影響生理，每次行動之後我總是會有巨大的疲累感與飢餓感，累到幾乎無法動彈，只能找間旅館大吃大喝與昏睡過去。

手機鈴聲響了不知道多久，朦朧之中，我辨識出這不是工作手機的鈴聲，連忙從床上跳起，滑了自己的手機螢幕接通。

「怎麼都不接電話？」于妃的聲音聽起來有點不悅，我不知道已經錯過了她多少通來電。

「剛剛在開會不方便，妳下班了嗎？」我轉了轉脖頸，好像有點落枕。

劉于妃，我新婚不久的老婆，在她眼裡，我是一名工作忙碌、常常出差的業務，一個還算任勞任怨的好好先生。

「我跟你說喔……」她拉長尾音，似笑非笑的調皮語氣。

「怎麼了？」我也泛起微笑，很喜歡她的撒嬌態度。

「我有了。」她輕輕地說。

「有了？小baby？」我不敢置信地叫出聲，平常我都是拿槍對準別人，老天此時卻突然對我開了一槍，毫無心理準備的又驚又喜，「哇，我要當爸爸了！哈哈哈！」

真是上天的眷顧！我們兩人同年次、今年就滿三十五歲了，之前于妃一直嚷嚷想要個寶寶，雖然我們已經很久沒有避孕，卻一直無法如願，原本還考慮要去醫院治療，沒想到老天這時竟然給了我們最貼心的禮物。

我搭了最近的一班高鐵回到台中，接下來的幾個禮拜我沒有接單，專心陪伴于妃去產檢，一起去挑選寶寶的嬰兒床、玩具、衣服，滿心期盼小生命的到來。

深夜，我從床上坐了起來，輕輕親吻了身旁熟睡的于妃，衷心感謝我所深愛的她。她一直想要一個小孩，現在睡得香甜的她即將美夢成真。

然後我翻出了工作手機，傳訊息給「那個人」。

「我不想做了，之後就不接單了，東西我約個時間還給你。」簡單的幾句話，我卻考慮了好幾個晚上。

「好。」凌晨兩點多，他竟然馬上已讀，馬上回覆。

「下禮拜一中午，地下街二十四號，最後一單。」我還來不及反應，他就拋出了訊息。

「單筆五千萬。」

在我考慮之前，他馬上傳來無法拒絕的價錢。

「好，最後一單。」我下定決心。

他已讀。

周末，于妃跟幾個姊妹淘去百貨公司逛街，我也約了高中死黨「阿強」謝維強出來喝兩杯，我們十幾年的交情，在于妃懷孕滿三個月之前，他是我唯一一個想偷偷分享喜訊的兄弟。

「爽啊，恭喜恭喜！」我們輕撞啤酒鋁罐瓶身，「再來你就要掉進照顧小孩，把屎把尿的無間地獄了，哈哈！」他大笑，對於女友一個換過一個的他來說，養兒育女的家居生活，應該就是活生生的人間煉獄。

「不要再講幹話了。」我笑著揮了揮手，「我是想問你，你之前搞的那家連鎖手搖飲料店還好嗎？我也想加盟開一家。」

「哇賽，我們小白這次是認真的了，真的想定下來了。」阿強拍了拍我肩膀，「幾百萬年薪的超級業務員，真的不幹了喔？」

和于妃一樣，在他眼裡，我就是一位收入豐厚而忙碌的業務，為了于妃和小孩，我下定決心，放棄那些南征北討的日子。

或許是看過太多人生的無常（當然大多數是人工製造），現在我只希望能活在人生的平常之中。

周一中午十二點半，戴著黑色鴨舌帽的我，打開了台北地下街編號二十四的黃色置物箱，取出了我生涯最後一個牛皮紙袋。

或許是受到好萊塢電影影響，我總覺得「最後一次行動」本身就充滿了不吉利，疑神疑鬼的我還特地找了個僻靜的角落打開它。

莫非定律，果然如此。

我看著最後一個目標的照片，啞口無言。

「What The Fuck！」我忍不住咒罵。

我手上是自己的照片。

這次的目標竟然是我自己。

在聯繫「那個人」問清楚狀況之前，我還是按照習慣，打開牛皮紙袋內的行動指令說明書。

因為目標就是我自己的緣故，當然不用跟我多作介紹我自己，裡頭只有簡單的「理想劇本」，比較特別的地方是，這次有兩套劇本。

劇本一：找一個安靜角落，用槍斃了自己，只要一顆子彈、半秒鐘直衝腦門的嗆辣，再來就什麼感覺都沒有了。

這個劇本也許是我有史以來難度最低的行動，除了我並不想自殺以外，不失為一個簡單而且也許可以獲得夢幻滿分的方式。

劇本二：這禮拜三下午三點，潛入到台北市東區首邸大樓B棟十一樓一百一十七號，躲起來等待半個小時。

第二個劇本的用意不明，但拿著一百一十七號門鎖卡的我別無選擇。

「那個人」始終沒有回覆我的訊息，有如失聯一般。那張行動指令說明書成了我唯一的方向。

「還好嗎？」行動前一夜，睡前于妃撫了撫我的背，「最近看你一副心神不寧的樣子。」

「沒事啊！應該是要當爸爸太緊張了。」我打哈哈，「我跟阿強都說好了，下禮拜就可以簽飲料店的加盟契約，我們準備開啟幸福小夫妻生活吧！」

「仕安，謝謝你！」她緊緊抱著我，像是怕漏掉任何一點的幸福洋溢。

可惜我對於明天的一切仍然毫無保握。

下午三點，午後陽光燦爛，我帶了槍進到一百一十七號，窗明几淨的高級公寓，卻有一股我說不出來的厭惡氣味。

一股淡淡的香味，很熟悉，卻令人作嘔。

疑問與困惑讓我的腦袋轟隆作響，我無法多作思考，只能按照指示躲了起來。我藏身在不透光的落地窗簾之後，悄悄擁有一覽門口及客廳的視角。

然後三點半，醜陋的謎底就在我眼前赤裸地剝了開來。

門打開了，一對男女牽手走了進來，男人摟著女人的腰，關上門就是一陣甜蜜的擁吻。

男人是我的死黨兄弟，謝維強。

女生則是我的老婆，劉于妃。

我僵在當場，一時之間也忘了自己仍躲藏著，只覺得置身在混亂的荒謬之中，原本認知的現實正狠狠嘲笑受騙上當的我。

「小心一點，不要弄痛Baby！」于妃笑罵著，撥開阿強不安分地摸上她胸部的手。

聽到「Baby」關鍵字，忍無可忍的我朝著他們腳邊開了一槍。

「砰！」經過消音器的槍聲響得收斂而厚重，但足以讓他們停下一切動作。

面對他們極度震驚的表情，我只覺得噁心而疲累。

「什麼都不要說，誰開口我就殺了誰。」

我不想要聽理由和解釋，不想要聽謊言與道歉，更不想要聽事實與真相。

我只想要他們像屍體一樣，安安靜靜的。

我在屋內找了簡單的繩索綑綁他們，兩人的嘴巴都封上土色膠布，動作粗魯的我並不在乎于妃肚子裡的孩子。那個屬於他們的孩子，我竟然差一點就成了便宜老爸。

我沒有絲毫同情心，要一個殺手擁有同情心未免太強人所難。不敢出聲的于妃滿臉淚水，恐懼爬滿了她美麗的臉龐。

阿強挪動身體想讓她依靠，卻被我用槍托擊碎了鼻梁，悶哼的疼痛聲響受到膠布的阻攔，他痛得鮮血淚水直流。

我並沒有立刻殺了他們，卻想不出什麼理由，不管是殺或不殺，彷彿都沒有意義。

所以我先綁住他們，盡量讓他們安靜。

但他們再如何安靜，我腦中的負面想法卻完全停不下來。和于妃交往的三年多、與阿強十幾年的交情、親友祝福的婚禮、第一次聽到于妃懷孕的驚喜、決定不再當殺手的那夜、即將開展的幸福生活，每一個情景都像是一把利刃，刀刀割在我的心頭，疼痛瘋狂腐蝕我的靈魂。

我坐在沙發，環視他們的這間愛巢，看著眼前綑綁有如發抖牲畜的兩人，手裡的槍已不知道幾次在想像中，轟了我自己的腦袋。

轟了我自己，也就殺了這次行動的目標，順利完成任務。

雖然我不知道「那個人」是什麼用意，但他確實差一點就成功了——透過我自己的手，殺了我自己。

可惜殺過太多人的我還沒這麼脆弱。站在崩潰的邊緣，我已經決定再等幾天，等七天的期限一到，「那個人」就會出面幹掉任務失敗的我——這是我們入行的規矩。

我想問「那個人」，問他這一切的原因是什麼？他不想讓我活在謊言裡嗎？為什麼會想要逼我自殺呢？

我有槍，而他知道我在這裡，守株待兔、身經百戰的我，未必贏不了他。

我其實不在乎死亡，我只想知道原因。

日落來臨，黑夜從落地窗爬進屋內，我沒有開燈，任由視線衰退，面對面的三個人就像是等待腐敗的肉塊，沉默地發臭。

我不知道在什麼時間站了起來，打開電燈，將手裡的槍放在客廳桌上，走到廚房冰箱找到一包微波炒飯，我用微波爐熱了，回到客廳沙發吃起來。

因為我餓了。

綑綁在一起的阿強與于妃還是老樣子，恐懼而無助，脆弱而悲傷，困惑不解的目光像是看著一個殺人凶手。

到底是誰殺了誰呢？他們雖然手無寸鐵，但展露出的噁心樣貌卻像是會吃人腦袋的蛆蟲，粗暴地鑽進我的記憶，一口一口分食我的靈魂。

所以我很慶幸自己竟然還能感到飢餓，咀嚼、吞嚥以及味道，每一口進食都提醒自己仍然活在這個世界上。

吃完炒飯，我走到客廳廁所洗了把臉。

冰涼的水稍稍洗去了我的疲憊，我抹淨臉龐，看著洗手台前鏡中的自己——鏡中的自己？

眼前是一個與我年紀相若的男人，但瘦了點，眉毛細了點，眼睛大了點，嘴巴、鼻子都小了點，還有我從來沒有的蓄鬍。

這是誰？

鏡中男人竟然同時擁有我的震驚表情，隔著鏡子，我們都不可置信地碰觸彼此的臉龐。

我像是被裝在陌生人的身軀裡頭。

原來這就是我。

再明確不過的解答只能掀起更失控的疑問，如果他就是我，那「我」又去了哪裡？我是誰？阿強跟于妃背叛了我，現在竟然連我自己都背叛自己？難道我瘋了嗎？

滿腦瘋狂沸騰的我衝回客廳，抄起桌上的槍，撕開了阿強跟于妃嘴上的膠布，「我是誰？你們認識我嗎？我是誰？」

「你瘋了是不是？我們根本不認識你！你要錢還是要什麼？只要你放了我們，我可以……」阿強雖然驚嚇慌張，但向來不輕易示弱的他，依舊試圖與我斡旋。

我一槍拒絕了他的提議。

迸出的鮮血從他的額頭不斷流下，他斷裂般垂下了頭，身體慢慢癱軟，只剩餘最後含糊的語聲：「拜……拜託，她……她肚子裡有小……小……孩。」

「阿強！啊……」崩潰的于妃放聲嚎哭，有如活在醒不來的惡夢中。

我把槍抵住她的額頭，冰冷槍口就在我最親愛的老婆額頭上。

我花了幾秒讓她用喪失生命的恐懼停下淚水，等到她仰頭看著我，滿眼都是乞求的顫抖。

「連妳也不認識我嗎？」我苦笑，帶著憤怒、悲傷及請求。

我多麼希望她能給我一個擁抱，一個誠摯的道歉，坦然告訴我這一切到底出了什麼問題。

雖然我不一定能夠接受，但至少可以舒緩瀕臨炸裂的情緒。

「先生，對……對不起，我……我真的不認識你……嗚……」于妃俯身倒地哭泣，多麼無助的模樣。

「那他是誰？」我從口袋拿出這次目標的照片，也就是「我自己」，白仕安的照片。

于妃遲疑了一瞬，動人的淚眼閃過一絲困惑，波動複雜的情緒。

「這……這是我老公，但他……」

我沒有讓她把話說完，炙熱的槍口與冰冷的死亡只相距一道煙硝味。

「這槍是為了妳老公開的。」

痛苦終究征服了所有理智，尤其當原本的思維早就被顛覆的時候，人類自我抑制的功能脆弱地不堪一擊。

阿強與于妃雙雙倒在血泊之中靜靜依偎的模樣，依舊刺痛著我的雙眼。我很清楚，無論如何，這兩發子彈早晚都要開的。

在我的殺手生涯中，雖然有幾次失控的行動，但像今天這樣亂無章法、毫無頭緒的開槍殺人，還是第一次，如此不專業的演出只怕很快就會惹禍上身。在市區下午的兩發槍響，大樓裡的兩具屍體，不用幾個小時警察就可能找上門。

在解決困惑之前，我絕對不能被警察抓到——我在浴室洗了把臉，看著鏡中陌生的「自己」，下定了決心。

在返回住處的三十五分鐘路程，已足夠讓我研擬好逃亡計畫：設法取得新的身分與護照之前，我必須依靠無法追蹤的現金交易，購買人頭手機、車票，前往東部躲藏。

然而，打開住處大門的一瞬間，一切的逃亡計畫都得從頭來過。

那是我再熟悉不過的家，原本應該是我和于妃，以及那個來不及出世的寶寶，一家三口最溫暖的避風港。

如今裡頭卻只剩下我一個人。

我是說剩下「我」一個人。

我一打開門，就看到「我」，白仕安，正坐在我平日最常躺坐的那張深綠色沙發，桌上有一瓶堆滿在我冰箱的德國啤酒。

「我」，或者該說「他」正看著我。

他竟然該死的在對我微笑。

在我從隨身背包取出手槍之前，「他」用手機撥打一通電話。

我的「工作手機」鈴聲響起，是「那個人」的來電。

「他」就是「那個人」？就是跟我搭配好幾年的殺手經紀人？

「恭喜你！」他起身鼓掌，說的仍然是讓我一頭霧水的話語，「能順利回到這裡，證明了你不是一個失敗品。」

他看得出我的困惑，卻也無庸多做解釋，只見他在手機軟體輸入一些符號指令。

——**我的胸口竟然拆了開來**。

我不知道該如何適切的形容，大概類似漫威英雄電影裡的鋼鐵人科技，我的胸部突然機械式地拆解、突出成數個部分，跟電影顯然不同的是，每一個部分都清楚可見驚悚的血管及肌肉組織，中心點則有一顆拳頭大小的金屬圓球，不斷旋轉著。

面對自己身體的分裂異變，雖然我並未感覺到疼痛，卻仍然被震懾地不敢動彈，只見我的雙眼射出光芒，投影到白色的牆壁上，從我的體內竟然輸出清晰的錄影影像。

——我竟然是一個機器人?!

「他」跟我一起看著錄影，「他」用手機操作選擇了今天下午的錄影資料，撥放著我如何發現阿強與于妃的偷情，如何將他們綑綁起來，如何逼問他們認不認識我，又如何一人一槍斃了他們。

「他」默默看著，直到影片結束，仍然不發一語，安靜地輸入手機軟體的指令，收起我雙眼的光芒，也讓我的胸部進行機械組裝、恢復原狀。

我像是用第三人的角度看著「自己」。面對阿強與于妃的背叛，我觀察到「他」擁有著與我一樣的崩潰情緒，只是「他」隱埋得很深很深。

良久，等他灌完桌上的啤酒，才開始跟我說話。

「合作愉快！」他淡淡的笑著，卻有股索然的氣息，「從七年前開始，你和我的配合下，總共完成了五十四件任務，不含本次的平均分數為88.35分，是相當優異的成績。

「大概從十年前開始，我們這行已經不再僱用真人當殺手。」他終於開始說明，「因為黑市的機器人科技已經成熟到與真人難以區分，而機器人不像真人，會留下指紋、DNA等等犯罪跡證，也不像真人有洩密或背叛的疑慮，甚至機器人的一舉一動都可以透過數學計算，用程式操作出最準確、完美的結果，就邏輯上來說，機器人絕對是優於人類的殺手。」

我靜靜聽著，他彷彿用三言兩語就描述我的一生。

「從事這一行，你也知道，真正的殺手絕對不是黑道混混當街開槍殺人，或者情侶仇人情緒失控下的暴力手段。那些會被察覺、被檢警追訴的，都是失敗的殺人行動。」他嘆了口氣，「委託人的要求只有兩個，一個是把人殺了，另一個是絕對的安全，不會引火上身。所以幹我們這一行，就是要負責規畫、增加世界的『意外』，只有意外才是最安全的『殺人』。」

「我是機器人？那為什麼我會擁有那些過去生活的記憶？」我忍不住打斷他。

「那是你的記憶嗎？」他聳肩，「其實那是我的記憶。我透過軟體程式讓你擁有白仕安的記憶，讓你以為自己就是白仕安。」

焦急的我還想追問，他卻揚手止住。

「機器人殺手雖然有很多優點，但人類的社會實在太過複雜，單純靠數學演算、科技運作的機器人還是會有盲點及風險。我們後來發現，『準人類機器人』

才算是最完美的殺手。」他看著我的眼睛，裡頭不知道潛藏多少人工材質。

「透過『人性化』的過程，讓機器人以為它自己是人類，經過一定的任務執行與測試之後，如果一切都能順利，就會是一台完美的準人類機器人。」他指著我，「今天你成功完成了最後一個任務，已經是符合標準的準人類機器人。」

「沒有，我沒有完成任務。」我搖了搖頭，「最後一個任務並不是要殺了謝維強跟劉于妃，而是要殺了我自己。」

「不是要殺了你自己。」他矛盾地笑了，「你搞混了，是要殺了我才對，我才是白仕安。」

他的說明雖然荒謬無比，卻是對於我的遭遇最合理的解釋。但他要求我完成的最後任務，竟然是要我殺了他，這顯然矛盾不通——誰會培養一個準人類機器人來殺了自己？

「抱歉，我知道你很困惑，但請原諒我的小小私心。」他低了低頭向我致意，「其實你原本『人性化』過程所搭配的人類記憶，並不是我的記憶，而是從記憶資料庫中挑選出的虛擬記憶。這種建立記憶方式是最常見且安全的選擇，相信到殺手機器人終止運作為止，自己或者他人都不會察覺異樣。」

我耐心聽著，壓抑住被眼前這個人隨意玩弄記憶的情緒。

「沒想到後來發生了一些意外，我發現那對狗男女偷情的事情……你應該很清楚，我差一點就成了便宜老爸。」他的臉上掃過悲憤陰影，一字字說：「我一定要殺了他們。」

他的情緒我能感同身受，但這股感同身受卻讓我覺得無比的羞辱。他以為他是誰？憑什麼支配我的情緒？

「我沒有受過訓練，要殺了他們並不容易，要不被發覺是我殺了他們，更是難上加難。他們雖然背叛了我，但我還是不想別人知道是我殺了他們。」他說得咬牙切齒，完全顯露出人類的忌恨與醜陋，「我要所有人知道，一切都是報應！所以我只能把希望放在你身上，透過你的手來殺了他們，讓他們死得乾乾淨淨又不明不白，不知道到底是誰要殺了自己，更不知道為什麼要被殺掉！」他的笑容有些病態，「嘿！如果說什麼會比死亡來得恐懼，那就是在極度困惑中死去了吧！」

我冷冷地看著他流露瘋狂，發覺我竟然只是這股瘋狂下的產物。

「這是我人生的最後一搏，請原諒我瘋狂的報復心，我希望你能帶著與我一樣的憤怒殺了他們。」他看著我的眼神充滿感謝，「所以我更換了你的記憶，在刺殺江瑋毓的行動之後，我輸入我的記憶給你，置換掉你的部分記憶。」

他對著我說了一句話，至此，已經完全解開了我的混亂。

「你是一台以為自己是白仕安的殺手機器人。」

他不等我回應，從上衣口袋取出一張黑色的記憶卡，連同他的手機一起交給了我。

「你讀取記憶卡的檔案，裡頭有重新置換記憶的指南，依照指示操作，就可以刪除我原本的記憶，重新開始你的人生。手機你也拿去，『上面』會有人再跟你聯絡，從此之後，你就是我的接班人了。」

他誠懇而慎重地看著我，「如果造成你的困擾，我很抱歉，不過這一切都是可以回復的。只要你按照指示操作，這段記憶就可以完全抹去，你依舊是一台完美的準人類機器人，沒有痛苦，沒有困惑，你會覺得自己跟一般人類沒有兩樣。」

我接過手機及記憶卡，如他所述，像是一切煩惱的解方。

然後他彎腰，從桌底取出一把用報紙包覆的生魚片刀，刀刃尖端透著鋒利。

「不過，你說得沒錯，你的最後任務還沒有完成。」他將生魚片刀反向遞給我。

「請殺了我。」他的眼神像是當初對于妃求婚一般，堅定而真摯。

「還有……」他頓了頓，「殺死我之前，請打開我的胸口，幫我看看有沒有那顆反應球。

「我想知道自己是不是也是機器人。」

「哈哈哈！」我笑了，放聲而開朗的大笑。

機器人的科技實在太過驚人，不論血管、肌肉、神經甚至呼吸心跳無不擬真，還可以隨意移植記憶。如果不把自己剖開來看，檢查自己的胸口裡有沒有那顆不停旋轉的金屬圓球，根本無法確認自己是不是機器人。

平常操縱我這個機器人慣的白仕安，可能覺得科技實在太可怕了，竟然懷疑起自己是不是也是機器人。

——如果自己只是機器人，那這些絕望的情緒還有意義嗎？

他面對我的狂笑有些錯愕，但還來不及發問。

我已經拿生魚片刀貫穿他的胸口，然後往左、往右、往上、往下，開出一個寬深可透視的傷口，分不清楚真假的血肉飛濺。

從我的紅色視角裡，像是我自己宰了我自己。

「有……有看……看到嗎？」他像快要溺死在血泊中，大口大口地呼吸，

「我……我到底……是……是不是機……機器人……」他的生命在流逝，卻無法

確認是因為那顆該死的反應球遭到破壞，還是人類自然的生命現象。

我看著他焦急而期盼的眼神，反而笑得更加大聲。

「去你媽的，你這樣搞我，我告訴你個屁啊！下地獄吧！」我抽出生魚片刀，朝他的雙目刺去，一瞬間關掉他的視覺畫面。

卻關不住那些畫面湧出。

在交錯雜亂的訊號中，我看到「自己」，應該說是白仕安不明所以地趴在車內的方向盤上，身體的重量壓出喇叭高聲的長鳴，然後發生碰撞，在高速公路上爆成一團火球。

這手法似曾相識，目標會被燒成一具焦屍，難以發覺真正致死的原因。

然後我看到白仕安的喪禮，一身孝服的劉于妃哭腫了雙眼，悲傷憔悴的模樣讓人以為她是真正愛著他的。

再後來，我看到劉于妃剪斷了頭髮，從悲傷中慢慢振作，開始回歸工作，重新人際往來的生活，雖然夜裡有時候還是會抱著我們的婚紗照偷偷哭泣。

劉于妃的頭髮短了又長，長了又短，過了好一段時間，她終於回復了以往的笑容，也讓謝維強走進了她的生活。

他們在東區買了一間公寓，布置他們甜蜜的同居生活。我很熟悉這幅場景，那個我用槍處決他們的角落。

雜亂的畫面結束，我好像懂了什麼，但卻更加困惑。

「拜……拜……託……我……是不……是……機……機器……」攤倒在地的白仕安吃力地拉著我的右腿，做垂死的最後掙扎，彷彿得到答案就可以獲得所有救贖。

「嘿！如果說什麼會比死亡來得恐懼，那就是在極度困惑中死去！哈哈哈……！」我獰笑，複誦著白仕安的金句。

我甩開他的糾纏，一腳踩爆他的腦袋，所有的情緒瞬間都被收進沉默的死亡，再也無聲無息。

「100。」

我原先的工作手機即時傳來訊息，生涯第一次獲得了滿分的評價。

我冷笑，把自己的工作手機、白仕安交給我的工作手機以及那張黑色記憶卡，一起狠狠地砸在地上，用槍對準它們開了幾發，那些東西煙硝瀰漫中都成了沒有功能的廢鐵。

我當然不可能再重新設定什麼鬼記憶，我發現自己拿槍的手好穩，未來如果能夠一直安安靜靜、乾乾淨淨地殺人就好了。

關上門，我離開原本的「家」，走進熟悉又陌生的城市。燈火閃爍輝煌，一時之間，我竟不知道該何去何從。

有人在深層的系統輸入：

「哈哈哈，你用的什麼爛設定，悲劇英雄一下子就葛屁了。」

對方回覆：

「哼哼，等著瞧吧。他製造出來的這頭瘋狂怪物，一定會讓故事變得很有趣！」

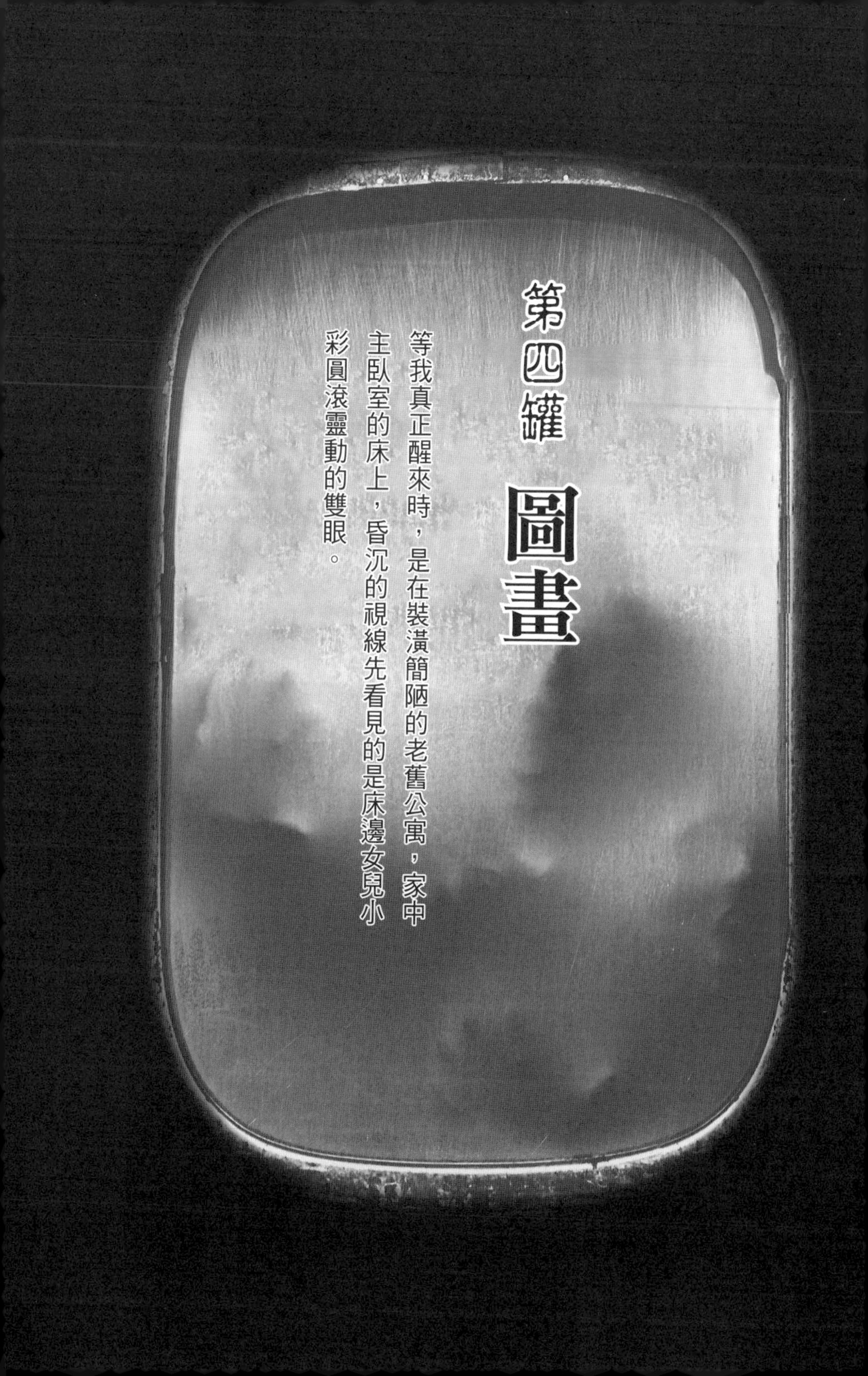

第四罐　圖畫

等我真正醒來時，是在裝潢簡陋的老舊公寓，家中主臥室的床上，昏沉的視線先看見的是床邊女兒小彩圓滾靈動的雙眼。

距離地面大約二十公尺，我置身在城市的喧囂之上，而更上頭的太陽無差別、沒有角度地毒辣，一點一滴把我肩頸的汗水燙成黝黑，肌肉的負重像是生活的刻度，時間、金錢、壓力、疲累、希望……我咬緊牙關，奮力將鷹架上整綑的木材擲進室內工地，彷彿把一切煩惱甩開似的。

「小陳，放飯啦！」滿臉鬍碴不修邊幅的工頭，手裡提著一袋便當向我揮手。

「太好了，肚子餓死了！」我燦笑著從鷹架跨進屋內，卸下腰間的安全繩索，用袖口抹了抹滿身大汗。

倚在窗口的水泥牆，我奢求夏日正午能吹進一絲涼風，顧不得滿手泥沙髒汙，用帶有漂白水味的衛生竹筷大口扒著便當，這些吞入腹中的米飯肉菜，都是支持我下午繼續工作的重要能量。

幾個較年長的同事把便當附贈的養樂多都送給了我，他們知道我不習慣藥酒飲料的口味，雖然他們總是嚷著：「少年欸，身體要保養啦！等你到我們這個歲數就知道，喝這些都是在固根本、打基礎的！」

等便當盒清空、喝完最後一罐養樂多後，我打了個差強人意的嗝，對著窗外的高處景色伸個懶腰，底下的行人像是窮忙的螞蟻，再怎麼名貴的進口房車也只剩下火柴盒大小。想到火柴，我忍不住從上衣口袋摸根菸出來想放鬆一下——當然現在沒有人會用火柴點菸了——我掏了掏牛仔褲後方口袋找著打火機。

「奇怪？」我嘴裡叼著還沒點燃的菸，整件褲子口袋都摸過了，但除了一團被洗爛的衛生紙、幾張皺巴巴的發票外，怎麼都找不到打火機……該不會是郁朵新想出來要逼我戒菸的瞎招吧？

我笑了笑，郁朵嫁給我四年多，每天都千方百計出招，巴不得能讓我把菸戒掉。

我乖乖地將嘴裡的菸收回菸盒，彎腰撿拾剛剛翻找過程中掉落在地上的零錢、雜物。

窗外忽然有一陣風。

不大不小的風，卻讓我從脊椎底端開始發冷。

我發現自己的姿勢不對，太靠近窗口，彎腰彎得太低，重心太過前傾。

那一秒鐘，時間似乎變得很慢，讓我能慢慢看見自己跌出去的過程。

我來不及喊叫，來不及收回身體，來不及避免自己往外跌去。

我先是倒在鷹架上，但鷹架的寬度只有一個半腳掌長，我的背部並沒有完整地躺在上頭，所以我繼續往旁邊翻落。

旁邊就是二十公尺深的高空。

跟電影演的不一樣，我的反應根本無法抓住鷹架的任何部分，只能被重量跟引力迅速地往下攫去。

我掉了下去。

墜樓。

強風不斷從我的兩耳削過，我知道自己活不成了。總說人面臨死亡的時候，一生的記憶會像跑馬燈一樣湧現，但是我只想到了郁朵。

我的老婆，謝郁朵。

然後，我想起了我們的女兒，她——

悶重的撞擊聲像陰暗午後的響雷，然而巨大的疼痛卻清脆地讓我分辨那些震離身體的血液、組織，那些斷裂或者粉碎的骨骼，而我竟連一絲意識都抓不住，不論是眼前或者腦中，都只剩下痛楚擴散後湧上的黑暗。

等我真正醒來時，是在裝潢簡陋的老舊公寓，家中主臥室的床上，昏沉的視線先看見的是床邊女兒小彩圓滾靈動的雙眼。她原本就已經很大的眼睛，此時因為興奮而睜得更大了。

「媽麻！媽麻！拔爸醒來了！」她蹦蹦跳跳地跑去房外呼喚郁朵。

我試圖坐起身子，但全身綑綁著繃帶，繃帶綑綁著傷痛，傷痛綑綁著行動，只是稍微移動一下，刺骨的痛楚就讓我忍不住呻吟。

郁朵走進房內，小彩跟在後面探頭探腦，只見郁朵蹲下身，溫柔地撫觸我的臉龐，那種細緻輕拂所到之處，彷彿有治癒的能力。

「醒……醒來就好了……」她臉上滿是淚水，幾行輕輕洗著她的疲憊，「我好想你。」

我閉上眼，我們頭靠著頭，遮掩住彼此的哽咽與眼淚。

其實在這之前，我曾經有過幾段零碎的記憶畫面：大呼小叫的搶救、匆忙被推入手術室、郁朵的嚎啕哭聲、加護病房冰冷儀器運作、一片蒼白的病房……

直到此時此刻，我才知道自己真的回到了這個世界。

看著相擁而泣的爸媽，還不知道發生什麼事的小彩，也靠了過來依偎在我們身旁。我努力顫抖著右手小指讓她的小手握著，一家人能夠再度團圓，我的身體一下子忘卻了傷痛，只記得感恩與感謝，這是個多麼美好的世界。

再來的日子可能是我人生中最愜意的一段時光。我的身體已無大礙，但斷掉的左腿需要更長時間的休養，拄著柺杖的我也沒辦法去工作，只能待著家裡陪伴小彩，一家三口依賴郁朵每天早出晚歸，辛苦卻微薄的薪水。

過去的我可能會擔憂一家生計該怎麼維持，但經過這次大難不死後，物質生活對我來說意義已經不大。我每天坐在家中沙發上，看著喜歡畫畫的小彩拿著蠟筆在一張張日曆紙背後塗鴉，三歲的筆觸只能勾勒出大人看不懂的抽象事物，還牙牙學語的她，努力向我解釋圖畫裡的想像，總是逗得我哈哈大笑，精神生活富足無比。

不過真是難為了郁朵，她每天都承擔著與薪水完全不成正比的工作量，早上七點多就出門趕公車上班，回到家中已是晚上十點多，我也已經說完床邊故事，將小彩哄得入睡，我們常一起看著她微微鼓起的小臉，彷彿正做著童話般的美夢，然後相視而笑。

謝謝妳們，擁有妳們我是多麼幸福。

這天早晨，陽光從落地窗灑進，一切都乾乾淨淨的，有如完美的開始。

小彩坐在小板凳上，在客廳的長桌塗鴉，我坐在一旁滑手機看著今天的新聞，千奇百怪的社會事件讓我嘖嘖稱奇。

「拔爸，拔爸！我畫好了，你看一下。」小彩拿著日曆紙跑到我面前。

「沒問題！」我放下手機，看著小彩的圖畫，卻是眉頭一皺。

這張日曆紙圖畫只用兩支蠟筆完成：一支黑色的蠟筆，畫了一個男生模樣的人偶，但他沒有了左腳。一支紅色的蠟筆，像是血的顏色，淌滿了那個男人偶的身體。

「這是誰？」我困惑地問。

「拔爸呀。」小彩燦爛笑著，無邪得比外頭陽光還要明亮，

「拔爸你之前受傷流血，痛痛。」

「那爸爸怎麼會少一隻腳呢？」我還是疑惑。

「你的腳痛痛，不能走路。」她指了指我放在一旁的柺杖。

「對噢，小彩好棒！」我恍然大悟，理解了小彩的黑色幽默，把小彩抱過來坐在身旁，「不要擔心，爸爸的腳就快要好囉，很快就可以帶妳去公園玩，好不好？」

「嗯！」小彩開心地笑著，好像吃到一顆心愛的糖果，「打勾勾。」

我也笑了，伸出右手小指頭，但看來小彩還不是很理解「打勾勾」是要小指勾小指，她用她的小手握住了我的小指頭，代表著承諾。

而我知道，我重傷醒來時，她也是這麼握著我的小指，同樣代表著承諾。

小孩子的精力總是旺盛，我每天陪伴小彩畫畫、玩耍，簡單下廚幫她準備午餐和晚餐，看似輕鬆的行程有時候卻讓我產生比在工地搬磚頭還要累的錯覺，所以一有空檔時，我常常坐在沙發上不小心打起瞌睡。

然後我聽到有人說話的聲音。

一個年輕少女的聲音。

家中不應該存在的聲音，我急忙睜開眼睛。

眼前只有在畫畫的小彩，但她朝著右前方搖了搖頭。

「拔爸在睡覺，累累，不要吵拔爸。」

她的右前方空蕩蕩的，像是在跟空氣對談。

「小彩。」我輕喚了聲，她轉過頭來，「拔爸你醒了？」

「妳在跟誰說話呢？」我試探性地詢問。

「琪琪啊，琪琪想要跟我們一起玩。」小彩說得理所當然，我卻還是一頭霧水。

「琪琪是那隻熊熊嗎？還是那個長頭髮娃娃？」

「不是。」她搖搖頭，「琪琪是她啊。」

她指著右前方，那個位置依然是空蕩蕩的。

「喔……」雖然是大白天的童言童語，但此情此景還是讓我覺得有些詭異，

「那我們要跟琪琪玩嗎？」

有時候，發現問題後直接去面對、碰觸問題，會是解決問題的最好方式。

「琪琪要跟我們玩嗎？」小彩朝著空氣詢問。

「嗯嗯，掰掰。」然後她揮了揮手。

「怎麼了嗎？」我急問。

「琪琪飛走了，她不想玩了。」小彩若無其事地繼續畫圖。

我看著窗外吹進的風，驚嚇地想像「飛走」是一個怎麼樣的情形。

「小孩自言自語」，我心神不寧地上網搜尋相關資訊，網路上一篇新聞報導轉述親子教育專家的說明，總算安定了我的疑慮。

專家說，會跟玩具說話，或者自言自語的孩子是渴望交流的。現在的小孩大多是獨生子女，父母的疼愛會讓他們過度依賴，無法消除天生的不安全感，也會害怕跟別人交往，但他們跟玩具說話卻不會有不安全感，而且隨著孩子慢慢長大，他們跟父母的共同語言越來越少，只好透過自言自語來解悶。

這段說明點醒了我，平常郁朵上班太過忙碌，根本沒有陪伴小彩的時間，所以小彩的朋友只剩下我一個人，如果我又自顧自滑手機、打瞌睡，那她的世界會多麼寂寞啊！

想著同年齡的小孩很多已經上幼兒園、認識新朋友，但經濟狀況不佳的我們只能讓小彩待在家中，如果又不能好好陪伴她，我會是多麼失職的父親！

所以我開始打起了十二萬分的精神，異常認真、用心用力地跟小彩玩耍，不論是精采逼真的扮家家酒，還是跟小彩一起舉辦畫畫大賽、互相評比欣賞對方的大作，總是能讓我們兩個哈哈大笑。

雖然如此，小彩還是常常會對著空氣說話，除了經常飛來飛去的琪琪之外，還有兩個頭的小呆，黏在天花板上的醜醜，甚至是住在冰箱裡的阿財。

「小彩乖乖喔，阿財很怕熱，把冰箱關起來好嗎？」我好言相勸。

「掰掰。」對冰箱講了快十分鐘話的小彩總算關上了冰箱門，「但是阿財明明就說他住在裡面很冷。」

我只能苦笑，手中拿著一張張的日曆圖畫紙，上頭畫滿了小彩的好朋友，雖然是兒童的線條，但大致還是能辨別他們的特徵：一身白衣，沒有腳輕飄飄的琪琪、兩個頭都吐著紅色長舌的小呆、乾乾癟癟的醜醜、蜷縮男子模樣的阿財，當然還有不管小彩怎麼畫，總是缺一隻左腳，滿臉滿身都是紅色鮮血的我。

晚上小彩熟睡之後，擔憂的我

告訴剛放下包包、正更換衣物的郁朵，關於小彩奇怪的朋友們、越來越異常的狀況。滿臉疲憊的郁朵卻只是輕撫我的臉龐。

「起石，我很累了，我們明天再聊好嗎？」她勉強擠出一個微笑，「別想太多，沒事的。」

「好。」我輕輕擁抱了她一下，「老婆，辛苦了。」

我知道她有多麼辛勞，所以我決定靠自己的力量，好好觀察、陪伴小彩，一定要消除她所有的不安全感。

但隔天我才知道，一切竟是如此的不尋常。

小彩畫了一幅畫，一個穿著深藍色服裝的年老男性，耳朵大大的，戴著一副金框眼鏡，右側嘴角上方有一顆明顯的黑痣。

她說這是爺爺，而圖畫裡的他實在像極了我的父親，總是習慣穿著深藍色的連身服飾，大而厚的耳垂常常被稱讚有福氣，戴了幾十年的眼鏡及右邊嘴角的大黑痣，更是他的顯著特徵。

但是我的父親已經過世十年了，早在我和郁朵結婚之前就已離開人世，而我們結婚後便搬出老家，家中也沒有擺放我父親的照片，每年清明祭拜的場合也不會帶小彩同往，所以小彩應該是對她的爺爺沒有一點印象的，她怎麼能畫出這幅神似爺爺的圖畫？

「小彩，妳有看過爺爺嗎？」我疑惑地問。

「有啊。」小彩甜甜一笑，指著我身後，「爺爺在你後面。」

我感覺背後沁出一條冷汗，回頭一看，卻只是尋常空蕩的屋內走道。

「爺爺掰掰。」小彩揮揮手後，我彷彿聽到久違的、父親低沉爽朗的笑聲。

屋內的溫度卻霎時下降了幾度。

懵懂的小彩卻絲毫不以為意，兀自在爺爺旁邊又畫起了我的圖像：缺了左腳，全身是血的爸爸。當紅色的蠟筆不斷在我畫像的臉龐落下，我的臉頰竟也飄來了血腥的氣味。我連忙拄起枴杖跳進廁所，洗手台前的鏡子照映出我的模樣：**滿身滿臉的鮮血，而那凹陷扁塌的腦袋，無論如何都不像正常人類的頭部**。

「啊——！」

我大叫一聲，驚懼和害怕撕裂我的喉嚨竄出，失態的我嚇得小彩嚎啕大哭起來，奔進廁所抱住我的右腿。父親的身分給了我莫名的勇氣，我趕緊抱起了她，洗手台鏡子照著我們，只見我們兩個臉上都掛滿了鼻涕淚水，剛剛血腥模樣的我已經消失無蹤，好像只是一瞬間的恍神錯覺。我愣愣地一邊安撫懷中的小彩，一邊對著鏡中流淚的自己出神。

我整天都失魂落魄，任由小彩跟她的奇怪朋友自言自語，任由那些詭異的圖畫一張又一張被風吹得凌亂，等到太陽漸漸西斜時，我彷彿能在天色的陰影之中，隱隱約約看到琪琪、小呆、醜醜、阿財，甚至是我父親那個清瘦的背影。

而今天郁朵回來得特別晚，深夜快十一點了還沒到家，平常九點多就睡著的小彩似乎也發現了我的異樣，躺在床上瞇著惺忪睡眼，「拔爸，你感冒了嗎？還是累累呢？怎麼看起來不開心呢？」

「寶貝，爸爸沒事，妳快點睡覺喔，快點睡著才有辦法夢到好夢哦！」我勉強擠出一點笑容，只希望這一切只是一場惡夢。

十一點半左右，小彩已經睡去，身上帶有酒味的郁朵回到了家中。今天她的公司辦迎新，在主管吆喝下，一群人聚餐完又去唱歌續攤。

我坐在客廳沙發，只留了一盞昏暗的立燈。

「還沒休息？」郁朵脫下高跟鞋及外套，在我身旁坐下。

「郁朵，我想問妳一件事。」我深吸了口氣，這段期間小彩的奇怪舉止，以及今天所發生難以置信的情景，我已經歸納出一個合理的解釋。

「怎麼了嗎？」郁朵伸了一個疲憊而醉意的懶腰。

「那場意外，我是不是沒有活下來？」

這個突兀問題像是一杯冰水，淋得郁朵頓時清醒不少。

「什麼意思？」她皺眉。

「我是不是其實已經死了？」我的聲音已經帶著哽咽，「因為小孩子能夠看到死去的鬼魂，所以不管是琪琪、小呆還是阿財那些小彩奇奇怪怪的朋友，或者我爸爸，當然還有我自己，其實我們都已經死了，只是小彩看得見我們，每天還很開心地跟我們一起玩。是不是我那時候根本……」

她用食指擋住了我的唇，止住了我毫不理性的連環質問，然後緊緊擁抱住我。

「起石，你感受到了嗎？這是我的溫度，這是我溫暖的擁抱。」她說著，我也確確實實地感受到懷中傳來的溫暖，「只有活著的人，才能感受到溫暖。」

「不要再胡思亂想了，要快點好起來，我真的非常需要你。」

我們在擁抱之中，遮掩著彼此脆弱的眼淚。

我以為隔天會是全新的開始，沒想到卻是這場惡夢最後的高潮。

一夜難眠的我醒在頭痛的早晨，床頭時鐘的短針指在八與九之間，郁朵早已出門上班，我伸手探向右側床鋪的小彩，卻摸了個空。

「小彩？」我朝房外喊著，不見回應。

我連忙拄著枴杖起身，一跛跛地走向客廳。

「小彩？」客廳空無一人，一旁的大門卻是半掩著，外頭的風呼嘯著。

「小彩！」我大叫，顧不得左腳傷勢，急急忙忙地奔向屋外。

只見小彩人在昏暗的樓梯間，蹲在樓梯階面的邊緣，只要再微微前傾十度，就會從頭掉下去，一路滾落到幾十階的樓梯之下。

我拋開枴杖，一把抱起了小彩。

「小彩，妳在這裡做什麼？」我焦急地問。

「爺爺，爺爺要帶我出去玩。」她似乎還沒有回過神，雙眼呆滯地望著樓梯下方，彷彿那裡有人在向她揮手。

她想掙開我的懷抱，又驚又怒的我忍不住朝下怒吼。

「爸！你在幹嘛？她是你的孫女耶！」

僅透著些微日光的樓梯間沒有其他人，我卻依稀聽到父親的嘆息。

「爺爺掰掰。」小彩揮手，我抱著她頭也不回地往家裡走。

接著我拔掉了冰箱插頭，就讓阿財跟裡面的菜肉一起腐爛吧。我關上客廳的落地窗，避免琪琪再跟著風飛進來。我把小彩帶回臥室鎖上門，不讓那些奇怪的朋友及詭異的圖畫再影響她。

「小彩，爸爸今天講好多好多故事給妳聽好嗎？」我半蹲在小彩面前，努力地安撫她，但她卻搖了搖頭。

「拔爸，我想要去客廳畫畫。」我在她的眼裡看不到自己，她依舊一副失魂落魄的模樣。

「好，我們明天再畫好不好？妳的蠟筆沒有了，爸爸明天再去幫妳買，好不好？」我編織著善意的謊言，想避免那些未知的危險。

「拔爸……阿財、琪琪、醜醜，還有小呆他們都在外面哭。」小彩似乎也要跟著哭了起來，滾圓珍珠般的眼睛有淚水打轉，「我想要去照顧他們，可以嗎？」

「不行。」我搖了搖頭，太過複雜的情緒使我的眼淚也流了下來。

「拔爸不要哭。」她用小手摸著我的臉龐，「不會痛了，拔爸，已經不會痛了。」

「好。」我抱住小彩，雖然說好，但我的眼淚依舊流個不停。

因為我從窗戶玻璃的倒影，又看到全身鮮血、殘敗不堪的自己。

這一天非常的漫長，午晚餐我和小彩都只用餅乾泡麵果腹，小彩持續講著奇怪的話，而「他們」好像穿透了牆壁，鑽過了門縫，甚至從天花板滲了進來，我再也無法阻止小彩與他們交談。今天有如約定好的同樂會，「他們」與小彩聊得開心無比，我只能在一旁靜靜看著，孤零零的小彩有如慶生會的壽星，展露著演戲般真實又虛假的歡笑。

終於她累了，洗完澡後的小彩總算願意安靜下來，我摸了摸她的額頭有些發燙，「拔爸，我想睡了。」

「好，快點休息喔。」我量了她的耳溫，三十八度六，微微發燒的體溫，她服用了一些退燒藥水後，昏昏沉沉地就要睡去。

「拔爸，你會永遠陪著我嗎？」她惺忪凝視著我，那股渴望的期盼不像是個三歲小女孩。

「傻寶貝，爸爸當然會永遠陪妳啊。」我笑了，撫了撫她散落在枕頭上的細嫩頭髮。

「打勾勾。」

我伸出小指，讓她的小手握上。

不管這是一場怎麼樣的惡夢，我都要緊緊地牽住她的手。

白天已經如此漫長，晚回家的郁朵則讓黑夜更加無邊無際。

她回到家中已經是深夜十一點多，甚至帶著比昨晚更重的酒味。

「還沒睡？」她的談吐有些醉意。

「昨天迎新，今天呢？」坐在床上的我並沒有抬起頭正視她。

「課長臨時約我們幾個去吃飯，我有先傳line給你，你沒看到嗎？」郁朵對著化妝鏡拆掉頭上的馬尾，一頭烏黑秀髮灑下。

「妳知道小彩今天怎麼了嗎？」我沒有回答她的問題，而是拋出了一個尖銳的質疑。

「小彩？」她皺眉，皺得很深很深。

「妳知道我們有一個女兒叫小彩吧？」我指著床上已經熟睡的小彩，盡量壓抑自己的憤怒，不讓過大的音量吵醒她，「她今天差一點就從樓梯間摔下去！還有，她一整天都對著空氣不斷說——」

「等等。」她揚了揚手，醉態招展著她的厭惡，「你可不可以等一下，我今天真的很累了，我們現在不聊這個好嗎？」

「不聊？每次講到女兒妳都不聊！」我終於忍不住咆哮，「工作比較偉大是不是？女兒跟妳都沒關係是不是？」

「女兒女兒女兒！」酒精讓她的情緒徹底炸裂開來，「不是早就說好不提女兒了嗎？」

她一邊怒吼，酒紅的雙眼一邊流著淚水。

「我們的女兒早就流掉了，五個月大，流產了！我不能再懷孕了，記得嗎？陳起石！」她一字一句嘶吼著我無法接受的語言，「你受傷傷了腦袋又怎麼樣？我就一定要接受你的精神折磨嗎？你知不知道我真的很痛苦！我快要崩潰了！你知道嗎？」

她說完，激動地抓起桌上好幾個瓶瓶罐罐的不明藥物，收進包包就往房外走。

我完全聽不懂她酒後的胡言亂語，只能狠狠地一拳打在化妝台的鏡子上，鏡子從拳頭迸開了破碎裂痕，再緩緩滲出了鮮血。

因為我從那面鏡子又看到滿身滿臉鮮血、歪曲凹扁的腦袋五官、根本活不下去的自己。

小彩被我們的爭吵吵醒，懂事的她並沒有哭鬧，揉了揉睡眼，「拔爸，媽媽怎麼了？你們為什麼吵架？」

「沒事沒事，小彩快睡。」我用衛生紙胡亂包住右手止血，將小彩抱在懷中，感受她小小身體傳遞的溫暖，就像郁朵說的，只有活著的人，才能感受到的溫暖。

午夜，醉意未消的吳郁朵踉踉蹌蹌走在蕭索的街頭，手裡垂著的藥罐搖晃著哐啷作響，她轉進一條又一條漆黑的小巷，彷彿在逃避某種事物的追捕，急促的呼吸像被壓迫得無法喘氣，直到她安靜地坐了下來，在一個路燈照不到的角落，這才發現自己臉上掛滿了眼淚。

她累了，真的累了。

她現在只想好好睡一覺，夢是脆弱者的避風港。

藥罐滾落在地，裡頭已空。

她以蜷縮的姿態入睡。

那天郁朵並沒有回家，我在右手微微的痛楚，以及臉上感受到輕拂的晨風中醒來。

「小彩？」我驚醒，又感受不到她在床上。

只見臥房的窗戶半開，爬椅子站上窗戶的小彩，身體已經探了出去。

我顧不得拿枴杖，不管仍然不聽使喚的左腿，直接撲了過去，一把抓住了小彩的衣服。

但我發現自己的姿勢不對，太靠近窗口，腰伸出去太多，重心太過前傾。

那一秒鐘，時間似乎變得很慢，能讓我慢慢看見自己跟小彩一起跌出去的過程。

我來不及喊叫，來不及收回身體，來不及避免我們往外跌去。

六樓的高度，二十公尺深的高空。

墜落的過程中，我緊緊抱著小彩，懷中的她卻開心地笑著，笑得比外頭大晴天的陽光還要燦爛。

「拔爸，我們一定要永遠在一起哦！」

這是我記憶中最後的聲音，在一切粉碎破裂之前。

等我真正醒來時，是在裝潢簡陋的老舊公寓，家中主臥室的床上，昏沉的視線先看見的是床邊小彩圓滾靈動的雙眼。她原本就已經很大的眼睛，此時因為興奮而睜得更大了。

「媽麻！媽麻！拔爸醒來了！」她蹦蹦跳跳跑地去房外呼喚郁朵。

我試圖坐起身子，但全身綑綁著繃帶，繃帶綑綁著傷痛，傷痛綑綁著行動，只是稍微移動一下，刺骨的痛楚就讓我忍不住呻吟。

郁朵走進房內，小彩跟在後面探頭探腦，只見郁朵蹲下身，溫柔地撫觸我的臉龐，那種細緻輕拂所到之處，彷彿有治癒的能力。

「醒……醒來就好了……」她臉上滿是淚水，幾行輕輕洗著她的疲憊，「我好想你。」

「來，小彩，過來抱抱爸爸。」郁朵喚來小彩，我們一家三口依偎在一塊，彼此的心頭都暖暖的。

郁朵說，她聽到我從工地鷹架掉下來的消息時，心跳都快停了，我在加護病房住了整整一個月，再轉到普通病房治療兩個多月，卻時睡時醒，始終昏昏沉沉。醫師建議回家休養，今天已經是回家的第七天了，這是她第一次看到我如此清醒的狀態。

「那……小彩呢？」我無比憐惜地看著小彩。

「小彩也很擔心你啊，都吵著不去保母那邊，一定要留在家裡照顧你。」郁朵說著說著，就紅了雙眼。

我努力顫抖著右手小指讓小彩的小手握著，一家人能夠再度團圓，我的身體頓時失去了傷痛，只記得感恩與感謝，這是個多麼美好的世界。

——雖然我看到自己的右手拳頭上有著一道道深淺傷痕，像是擊碎鏡面所留下的新鮮創口。

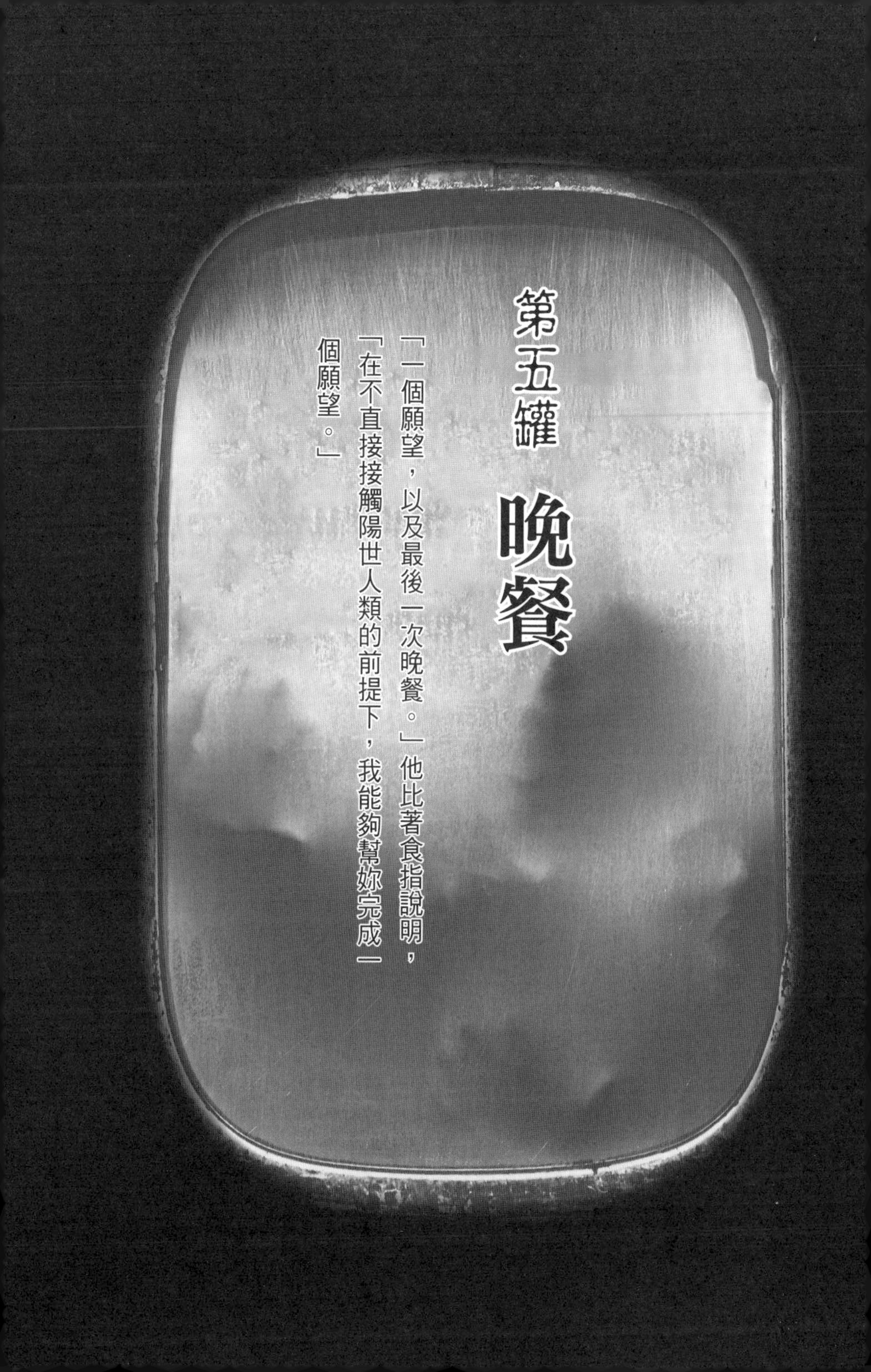

第五罐 晚餐

「一個願望，以及最後一次晚餐。」他比著食指說明，「在不直接接觸陽世人類的前提下，我能夠幫妳完成一個願望。」

葉王惜像從一場很長的夢中醒來，年邁的她腳步還浮浮沉沉的，四下一片漆黑，她困惑地打開前方木門的手把，光亮慢慢地流瀉進來。

門裡頭是一間復古的西餐廳，在她幾十年前的印象中，她和她那早走一步的老伴相親，就是在這種模樣的餐廳裡。

「老太太，請坐。」餐廳裡只有一張長桌，三個座位，長邊一個座位，短邊則有兩個相對的座位。跟她說話的男子就坐在長邊單獨的黑色鐵椅上，位置像是一場會議的主持人。

男子約四十多歲年紀，斯文乾淨的臉龐有著大學教授的氣質，他穿著整潔合身的長袖白襯衫及黑色西褲，對葉王惜禮貌地微笑。

葉王惜依照男子的指示，在靠近門邊的座位坐了下來，但面對此情此景，她依舊充滿不解。

「老太太，不用擔心。」男子依舊微笑，「妳只是死了而已。」

他淡淡說著，像是一件再平常不過的瑣事。

葉王惜聽了，那些臨終前的場景才一一湧上：她躺在蒼白的病床上，兒子、女兒、媳婦、女婿、孫子團團繞著，淚眼不捨地注視著她漸漸孱弱的呼吸。八十幾年的歲月，慢慢平息在一個日常的午後。

「讓我想想，我應該怎麼向妳介紹。」男子沉吟了一下，「我應該算是……閻羅王，對，閻羅王，就是接引妳到西方世界，或者說到下一世去的人。」

意識到自己已經死亡的葉王惜，呆呆看著眼前這位長得像大學教授的年輕閻羅王。

「這輩子的事情就讓它過去了吧，我們要迎接新的生命，新的開始。」他開朗地說著，指著偌大餐桌的中央，一只玻璃杯裝的淡金色液體，像是一杯慶祝用的香檳。

「妳有聽過孟婆湯吧？」他用溫柔的語聲述說著不屬於人世間的事物，「喝下它，忘掉這輩子的一切，像一張白紙一樣，讓輪迴帶妳去該去的地方。」

不知所措的葉王惜一臉茫然，伸手就要去拿那杯孟婆湯。

「老太太，先不用著急。」他眨了眨眼，那杯孟婆湯突然凌空飛起，讓葉王惜抓了個空。

「我不知道別人是怎麼當閻羅王的，但在我這裡，我有個規矩。」他的眼神滿是笑意，彷彿死亡並不是那麼嚴肅的事情，「欸，也不能說規矩，應該說是一個機會。」

葉王惜愣愣地聽著，陰間好像跟她想得不太一樣。

「一個願望，以及最後一次晚餐。」他比著食指說明，「在不直接接觸陽世人類的前提下，我能夠幫妳完成一個願望。看妳是想要託夢，還是要用鬼魂的形態回去逛逛，妳都可以跟我說。另外，妳還可以選一個人來這裡陪妳吃晚餐，不管是活著或死去的人都可以，菜色當然也是任妳選擇。

「雖然最後一切都會忘記，但我還是希望在遺忘之前，你們能夠開開心心的。」他微笑解釋著，「這是最後短暫的一刻，只屬於妳這輩子的煙火。」

考慮良久，葉王惜向他許了一個願望，她不用和誰一起共進最後的晚餐，她的願望很簡單，只希望能和從前一樣，與死去的老伴、兒子、媳婦、女兒、女婿、孫子，大家在鄉下老家圍爐，好好吃一頓年夜飯。

「如妳所願。」閻羅王用拇指輕彈了下中指，葉王惜眼前倏地一黑。

當她再睜開眼時，只見媳婦、女兒在廚房忙進忙出，兒子和女婿在客廳逗著剛上幼兒園的孫子，老伴笑呵呵地坐在一旁的搖椅上，她發現自己就站在鄉下老家的客廳，空氣中瀰漫著除夕夜溫暖的香味。

「媽，準備吃飯囉！」女兒過來挽著她的手，小孫子也嚷著要阿嬤抱抱。

老伴走得早，眼前是一幅她未曾見過的團圓景象。

餐桌上，兒子聊著經營的早餐店生意還不錯，女婿也在外商公司升上了課長，小孫子童言童語地說起他在幼兒園交了新的朋友，葉王惜都笑瞇瞇地聽著，這些都是她多麼珍惜的日常。

「媽，妳放心走吧，不要擔心我們。」兒子突然放下了碗，眼眶泛紅。

「阿嬤，我好想妳。」小孫子也鑽到葉王惜的懷中撒嬌。

原來，大家都知道葉王惜已經過世了，來陪她吃最後一次團圓飯。

一旁的老伴牽起她的手，這雙牽了幾十年的手，早已滿是滄桑的皺褶。

「兒孫自有兒孫福，不要太煩惱。」老伴笑著，也是含著眼淚。

「你那邊還好嗎？」葉王惜忍不住關心起好幾年不見的老伴。

「很好，很好，一切都好。」老伴點頭，給了她一個深深的擁抱。

晚餐的最後，他們一一道別，還是放不下牽掛的葉王惜一一叮囑他們，每個人都說得一把鼻涕一把眼淚。

「小伍，你要好好聽爸爸媽媽的話喔，阿嬤在天上會保佑你平安長大！」葉王惜擦去流不完的眼淚，又抱了抱小孫子。

「阿嬤，妳可不可以不要走？」小伍哭了，弄得全家人更是泣不成聲。

「媽……」女兒也想要過來再擁抱她，只見葉王惜的身上起了點點白光。

葉王惜知道自己的時間不多了，向他們點了點頭，對她最親愛的家人們留下最後一句話。

「謝謝你們，我走得沒有牽掛。」

等到光亮擴散再消失，她回到了那個復古西餐廳，穿著白襯衫的閻羅王依舊坐在主持人的位置，一切宛如一場夢，醒來卻是恍如隔世。

「可以了嗎？」閻羅王指著桌上那杯淡金色的孟婆湯。

葉王惜點了點頭，伸手拿起孟婆湯，緩慢地喝下。

有人說過，真正的死亡是從被遺忘開始，等葉王惜喝下這杯孟婆湯之後，才算是真正的死亡。

葉王惜喝下了它，放下了所有的牽掛。

她不再記得任何事情，記憶有如初生的嬰兒。她懵懵懂懂地依著閻羅王的指示，走向他身後那扇黑色的大門。

門扉開啟，光亮指引著她去她該去的地方。

「收工。」閻羅王握了握拳頭小小振奮一下，遇到葉王惜這樣典型的模範個案，算是他忙碌工作中的小確幸。

「下一位！」他拍了拍手，餐廳場景突然旋轉變換，換成了路邊熱炒店的模樣。

餐廳場景會隨著「服務對象」的喜好而變換，閻羅王坐在小板凳上，朝門邊揮了揮手。

門卻被一腳踹開。

閻羅王皺了皺眉頭，只見一個三十來歲的平頭兄弟走了進來，穿著白色背心，展露著渾身彩色的刺青龍鳳，以及一道道凶狠的刀疤。

「現在是怎樣啦！」平頭男名叫胡叡德，死在一場上百人的聚眾鬥毆中，依舊是戾氣不減。

「請坐。」閻羅王試著壓抑脾氣。

「是要坐三小啦！幹！」胡叡德竟然用雙手一把翻了矮餐桌——應該說他想要翻了餐桌，但餐桌卻紋風不動，更麻煩的是，他的雙手竟然就像黏在餐桌一樣動彈不得。

「你不要在那邊裝神弄鬼喔！我幹！」依舊嘴硬的胡叡德張嘴想要對閻羅王吐口水，但嘴張開之後，卻再也闔不起來，他的舌頭反而血淋淋地掉在桌上。

「吼喔喔喔……！」胡叡德痛得鬼吼鬼叫，看著眼前的斯文男子，突然陷入一片漆黑。

他的兩顆眼珠也血淋淋掉在桌上，和那條舌頭一起看起來像是賣相不佳的下酒菜。

閻羅王嘆了口氣，也懶得多加說明，桌上啤酒杯裝的淡金色孟婆湯有如射箭般噴入胡叡德關不上的嘴巴。

等到胡叡德平息下來之後，眼睛、舌頭也都回到原來的定位。他搔了搔後腦杓，對於眼前的一切感到陌生而困惑。

「往那邊走。」閻羅王沒好氣地指著身後那扇黑門。

開啟之後，胡叡德也走進光亮之中。

處理這種案例雖然簡單又快速，但他總覺得少了一點成就感，變得像例行公事一樣乏味。

「下面一位！」他搖頭，拍了拍手，餐廳場景再次旋轉變換起來，換成了一家美式牛排館。

他對面的門打開，走進一個感覺有些畏首畏尾、二十幾歲的微胖大男生。

「請坐。」閻羅王坐在主持人的紅黑鐵椅上，給了他一個友善的微笑。

「請問這裡是……？」大男生名叫秦耀群，從事外送員工作快兩年，在外送途中不幸與貨車發生擦撞身亡。

「放輕鬆，你先想一下，你應該知道自己已經死了？」閻羅王對著他微笑。

秦耀群點了點頭，他還記得機車倒下的那一瞬間，劇烈的疼痛霎那攫走所有意識，他清楚知道自己一定活不成了。

「我是……嗯，我是死神。」閻羅王（或者說死神）總是配合服務對象的認知或教育程度，變化自我介紹的內容，「我的工作是負責引導死去的鬼魂，去他們該去的地方。」

死神指著桌上玻璃杯裝的淡金色孟婆湯，「喝下它，忘了你這輩子所有的牽掛。」

「拜託！我求求你！」聽到孟婆湯的秦耀群突然激動跪下，雙眼已經泛淚，「我可以不要喝嗎？我不想忘了她！」

死神淡淡地向他說明這裡的規矩，「一個願望，以及最後的晚餐。」

秦耀群很快就下了決定，他想要回去再看看小綠——他交往三年多的初戀女友，他最不想忘記的人。

「如你所願。」死神揚手，收起了所有的光亮。

等到秦耀群恢復視線，他回到了那個熟悉的小套房，和小綠同居的兩年，是他一生最快樂的時光。

他的身體若隱若現，小綠彷彿看不到他。

「只要你想要他們看見你，他們就能看得見。」死神的聲音在耳旁響起。

他說「他們」。

除了小綠之外，床上還有一個陌生的年輕高瘦男子，和赤裸的小綠玩得火熱。

電視沒有關，播放的新聞顯示今天的日期，秦耀群是昨天下午四點才發生車禍。他完全無法理解眼前的情景，自己深愛的女孩怎麼會變了一個人似的。

秦耀群斷斷續續聽到他們的嬉笑：「我比你男友厲害多了吧？」「喂喂，尊重一點，他昨天過世了。」「別裝了，妳只是把那個外送仔當工具人吧，現在也不用煩惱要怎麼分手了，哈哈！」

秦耀群看著她的脖子上，還戴著那條銀鍊——那是今年交往週年紀念日他送給她的禮物。他不知道超時工作接了多少單，才努力買來的高價項鍊。

過往的一幕幕浮現，他甚至預計等到明年的紀念日就要向她求婚了，省吃儉用的他已經為他們的未來存了小小的結婚基金。兩個人曾討論過，未來希望可以生一個男生、一個女生，最好是先生女生，因為姊姊會照顧弟弟……

他坐倒在地，止不住地哭了起來，此刻身上所承受的疼痛，竟比昨天下午奪走生命的貨車車輪還要痛徹心扉。

床上突然停下了動作，小綠和高瘦男子都看見了他。

那是他憔悴萬分的模樣，同時也顯現了他被貨車輾過的慘狀，血肉模糊，歪曲的肢體，破碎的頭顱，正在不住的嚎哭。

這一幕，將成為小綠和高瘦男子一輩子的惡夢。

等到秦耀群回到美式牛排館，桌上已滿是豐富的餐點，他卻依舊停不下哭泣。

「為什麼……我明明對她這麼好……我付出了一切去愛她……」秦耀群年輕的世界已經全然崩解。

「沒關係，等等喝了孟婆湯就會忘了，下一個人生一定會更好。」死神安慰他，「來，桌上應該都是你喜歡吃的菜，你想跟誰共進最後的晚餐呢？要找你媽媽媽？還是最疼你的阿公？」

秦耀群搖了搖頭，一把拿起了那杯淡金色的孟婆湯。

「謝謝你，只是我真的好痛苦。」他仰頭喝下，彷彿真正向這個世界告別。

「唉。」死神嘆了口氣，這樣的結局總是讓他心情沉悶。

回復平靜與困惑的秦耀群依照死神的指示，打開了那扇黑門，走進光亮，永遠離開了那些悲傷。

「好，下面一位！」死神轉轉脖頸，重振精神拍了拍手，餐廳場景開始旋轉變換，換成了一家歐式風格的餐廳。

地毯桌巾，簡約的木紋，光影聚集成溫暖的顏色。

「嗯，品味不錯。」死神微笑，餐廳的風格來自死者生前的喜好，往往也是死神對他的第一印象。

死神承認，那一瞬間停滯了一下。

當她走進這間餐廳，恍惚間，死神竟以為自己與她有一場晚餐約會。

她穿著一襲白紗洋裝，合宜的剪裁襯托出她高䠷的身段，大而深邃的眼瞳像是兩點星光，清澈晶瑩。雖然年過四十歲，依舊擁有著一位女人最迷人的魅力。

她看著死神的瞬間，也有種說不上來的遲疑。

在雙方凝滯的瞬間，所有事物彷彿都靜止而遠離，留下了任何情感的想像空間。

然後她緩緩走進餐桌，每一步都踩著獨特的氣質，她沒有一般死者的迷惘失措，姿態就像一隻在午後陽光下散步的白貓，自信而優雅。

「請坐。」死神回過神來，做了個歡迎的手勢。

「謝謝。」她微微一笑坐了下來，「我叫倪嫚欣。」

「呃，妳好。」死神騷了搔頭，思索著如何措詞，「我是……呃，我是那個死神。妳知道……」

「我知道，我死了，死因是心肌梗塞。」倪嫚欣說得輕描淡寫，有如述說著別人的事。

死神注意到她每一個細微的動作，像是她將長髮撥至白皙的耳後，習慣性地撫摸右手腕上的紅色繩環。

「好漂亮的餐廳。」她緩緩地環視四周，露出甜美的笑容，「天堂跟我想得不太一樣呢。」

「其實這裡不是天堂，只是一個起點。」死神解釋，「每一個人的死後世界，都是從這裡開始。」

他發現到她一直盯著自己看，並且不斷輕撫著那個紅色繩環，彷彿尋求一種安全感。

「不管稱呼我是死神或是什麼都好，我的工作是要引導死去的人，前往下一個階段去。」死神指著身後的黑色大門。

「門後面是什麼呢？」倪嫚欣問。

「是妳該去的地方。」死神發現她的紅色繩環上有一個特別的繩結，「放輕鬆，桌上這杯是孟婆湯，可以讓妳放下這輩子的所有記憶，順利前往下一個人生。」

死神食指比向桌面中央的透明玻璃杯，裡頭盛裝著淡金色的液體，可以忘記一切快樂與憂愁的酒水。

「這是官方規定的必經程序，不過我有自己偏好的私房行程。」死神避不開她深邃眼神的凝視，彷如一幅寧靜澄清的湖面，「在喝下孟婆湯之前，妳可以擁有一個願望，以及最後一次晚餐。

「任何願望都沒有問題，一般人都會用在跟這輩子好好道別。至於最後的晚餐，妳也可以選擇任何餐點，任何想要一起吃飯的對象，好好享受這最後一餐。」死神看著她手上的那個紅色繩結，一種莫名的奇異感覺湧上，彷彿自己的心裡也被打了個結。

「妳……」

「我想好了。」倪嫚欣打斷他，看著他的眼神頗有深意。

「**我的願望就是和你共進最後的晚餐**。」

成千上百，死神引渡過的死者不知凡幾，卻從來沒有聽過這樣的願望。

「哦？妳確定嗎？這可是妳這輩子最後的機會。」死神故作鎮定，卻在迴避她的眼神。

「如……如妳所願。」

「可以上菜了。」倪嫚欣甜笑，「我要肋眼牛排，七分熟，謝謝！」

死神嘆了口氣，暗暗詫異自己的失常，一揮手已是滿桌豐盛的西式餐點。

「我可以一邊吃一邊跟你聊天吧？」倪嫚欣慧黠地問。

「可以啊，我知無不言。只是你們世界的事我可能已經不太熟了，還是妳想聽什麼名人死者的八卦，我可以透露一些，反正妳待會就要喝孟婆湯了，也不用擔心外流，哈哈哈。」死神打著哈哈，感覺與她聊天竟然有種約會似的愉快氛圍。

「你也喝過孟婆湯嗎？」倪嫚欣問了一個死神從來沒想過的問題。

「呃，應該有吧。」死神其實沒有把握，對於這個問題，他一點印象都沒有，但失去所有的記憶偏偏又是喝過孟婆湯的證明。

「所以你不記得以前的任何事情？」倪嫚欣追問，大大的眼睛彷彿有話要說。

「哈，妳問問題的感覺，怎麼好像妳才是死神？」死神笑了，啜了一口紅酒，終於回應她吸引人的目光，「老實說，我真的記不起來了，在這個空間裡，沒有時間的概念，沒有過去也沒有未來，我連我自己到底是不是人類都無法確認。我只知道從我有印象以來，我就一直在這裡。」

他回答得看似漫不經心，卻無法不在意倪嫚欣右手腕上的那條紅色繩環。依稀彷彿在非常非常久以前，在他還沒有成為死神之前，好像認得那條繩環，但又說不上來是怎麼樣的認識。

「你記得這個繩環嗎？」倪嫚欣彷彿一眼看穿死神的心事，舉起雪白纖細的右手，左手輕輕撫觸那條特殊繩結的紅色繩環。

死神完全愣住了，倪嫚欣微微一笑，眼角卻微微滲著淚水。

死神突然驚覺一切都失控了。他看著倪嫚欣的笑中帶淚，遙不可及或者早就遺失的記憶，似乎正在一點一滴的拾回，慢慢拼湊出一個美麗而憂愁的容貌。

「你真的不記得我了嗎？」倪嫚欣的淚眼像是雨季盛開的繁花，充滿了讓人心疼的祈求。

死神記得這雙眼睛，他曾經以為這是世界上最美的事物。

「趙霆昀，我是倪嫚欣啊！」倪嫚欣突然站起身擁抱他，「我拜託你醒醒好不好！」

死神手中的紅酒杯掉落在地，清脆的破碎聲響，像是他飛濺的脆弱心防，一切宛如都超脫了現實。被擁抱的他，竟能夠感受到彼此的心跳及體溫。

「趙霆昀……」死神喃喃，「倪嫚欣……」這兩個相連的名字像是一把鑰匙，開啟了他被深鎖的心房——他甚至不知道自己曾經擁有過這樣的記憶。

他也擁抱住倪嫚欣，靠近她的髮香，擁抱柔軟而美麗的她。

視覺、觸覺及嗅覺，死神所有的感官喚醒了自己彷彿已是幾百年前的舊事，不知道已經穿越了幾輩子，又喝下了多少碗孟婆湯。

如果「祂」沒有選擇自己成為這個空間的主人，沒有賦予他能夠描述以及體會這裡一切事物的能力，沒有如此百密一疏的話，死神根本沒有機會想起她。

「嫚欣，謝謝妳。」死神對懷中的她微微一笑，這是他成為死神以來最愉快的一次笑容，「我想起來了，我通通想起來了。」

倪嫚欣激動的無法言語，難以置信奇蹟竟然真的發生了。

死神低下頭，輕輕地給了她一個吻，輕輕地揭開了過去。

二〇〇三年，桃園機場第一航廈。

下午兩點十分的飛機，拖著沉重行李箱的趙霆昀，準備前往英國進修為期兩年的法學課程。

越是靠近分離時刻，每一步都更加沉重及艱難。

「霆，你可不可以不要去？」已經是執業律師的倪嫚欣環抱著趙霆昀，任性的撒嬌像個孩子。

「倪大律師，不可以賴皮啊，請遵守誠信原則。」趙霆昀輕捏一下倪嫚欣的鼻子，「十二月放假，我就回來看妳。」

他們那時都還年輕，擁有相對應的理想與憧憬，都想為了更美好的未來奮鬥，所以一起約好了要成為更棒的自己，然後結婚，一輩子分享生活。

「窮學生沒有錢買鑽戒，還請大律師多多包涵。」趙霆昀將行李箱放在一旁，從胸前口袋拿出一條紅色繩環，溫柔地為倪嫚欣繫在右手腕上，上頭有一個獨特的繩結。

「這個叫做相思結。」趙霆昀試圖閃避她的婆娑淚眼，「妳現在是我的人了。

「等我。」趙霆昀靠近她的髮香，擁抱柔軟而美麗的她，淺淺吻著她的額頭。

滿臉淚水的倪嫚欣沒有回答他，卻已經答應了他一輩子。

但十二月的冬天他卻沒有回來，每一年的十二月他都沒有回來，再也不會回來了。

他在英國發生了一場交通意外，當他們再次相遇時，他已藏身在一個白色瓷甕裡，一生的點滴都成為灰燼。

倪嫚欣並不怪他食言，只是很想他，而且她知道自己會永遠想念下去。

「我願意。」倪嫚欣無時無刻都記得那條紅色繩環，記得那個相思結。直到十幾年後，一次突然的胸口疼痛，在眼前一黑地倒在事務所辦公室的瞬間，她的左手依舊緊握著右手腕上的繩環。

「如果我死了，就能夠看到你了嗎？」這是倪嫚欣生前最後一個念頭。

然後她在一片漆黑之中，打開了那道木門，走進一間裝潢雅致的歐式餐廳，像是他們第一次約會的餐廳。

然後看見了他，他們對眼的一瞬間，彼此都擦出了花火般的遲疑。

他說他是死神。

倪嫚欣微微一笑，十幾年了，他不認得她了，但她知道，他就是趙霆昀。

「妳好傻，真的一直在等我。」死神（或者說趙霆昀）心疼地輕撫她的頭。

「誰叫你當時給我打了死結。」倪嫚欣舉起手上的繩環，破涕為笑。

於是他們真正進行了一場晚餐約會，他們都記得第一次約會的那家相仿餐廳，現場的還原度接近九成。從那次機場分離之後，好像過了很久，又好像只是昨天的事一樣。

他們聊著在法學院的相遇，聊著他陪她一起到圖書館準備國家考試，聊著她律師上榜的那場奢華慶功宴，聊著他們一起豢養的那隻小柴犬「豆漿」，聊著他們一起設計事務所的裝潢，一起到林口看了房子，那片面對璀璨夜景的落地窗，彷彿可以收納起過去和未來的完美生活。

這頓晚餐吃得很慢，吃得很久，但再多的時間也無法滿足他們，因為他們已經錯過了十幾年，錯過了說好的一輩子。

此時卻突然傳來了敲門聲。

餐廳的光線跟著晃動了一下，只見死神右手一揮，一切又回復到平靜如初。

「怎麼了嗎？」倪嫚欣轉身看了一下進來時的木門，剛剛的敲門聲像從那邊傳來。

「沒事，只是『祂』在催促了。」死神給了她一個放心的笑容，「妳想留在這裡嗎？」

「什麼意思？」嗅到分離氣息的倪嫚欣有些緊張。

「放輕鬆，妳當律師這麼久了，一定沒問題的。只是幫我接待一下客人，引導他們去他們該去的地方而已。在這個餐廳裡，妳就像神一樣，可以支配任何事情，所有事情都是妳說了算。」

死神依舊微笑，他心裡已經下了決定。

「那你呢？」倪嫚欣追問。

「這個房間一定要一進一出。」死神指著兩個門，一個木門與一個黑門，

「妳從那個門進來，就一定要有人從這個黑色大門出去，這是『祂』訂下的規矩。」

「那我們一起走。」倪嫚欣起身。

「只能一個人走，而且那個人一定要喝下孟婆湯。」死神收起笑容，慎重地有如當初的別離，「我走，妳留下。」

倪嫚欣看著餐桌中央那杯淡金色的孟婆湯，遲疑了一下。她沒有把握能夠像趙霆昀一樣，再次重拾那些遺忘的記憶。

她不想忘記這一切，即便死了，即便到下一輩子去，都一樣。

敲門聲又響起，餐廳光線晃動如閃電。

死神右手一揮，卻再也停不住這些催促的訊息。他只能苦笑，那杯孟婆湯已飛向他的手中。

「不要！」倪嫚欣驚呼。

「謝謝妳愛我。」死神仰頭，吞下這段煥然如新的美好回憶。

一切又靜默了下來。

等到死神睜開眼睛，他陌生而小心地環顧四周，眼神困惑而迷惘，不知道自己為什麼身處在這個地方。

他看著倪嫚欣的眼神也一樣充滿疑問。

倪嫚欣淡淡一笑，拿起白色餐巾紙拭去淚痕，自顧自地整理了一下妝容，又啜了一小口紅酒。

「可以了嗎？」倪嫚欣問。

「可以……什麼？」死神依舊摸不著頭緒。

「你吃飽了，也喝完孟婆湯了，可以往後面走了。」倪嫚欣指著死神背後的黑色大門，平穩熟練地說明，「打開那個門，去你該去的地方。」

死神迷迷濛濛地站起，依照她的指示開啟了黑色大門，外面透進刺眼的光亮。

「祝福你下輩子會更好！」倪嫚欣舉杯歡送，笑得如妖豔的花。

黑色大門關上。

死神卻留在原地。

倪嫚欣放下酒杯，啞口無言。

死神走回座位，分不清喜怒的神色裡，已不見迷惘的眼神。

死神沉默盯著倪嫚欣整整數秒，她的臉上只剩下被拆穿謊言、尷尬的強笑。

「是催眠吧？」死神右手的食指中指輕輕一碰，憑空彈出了一支菸，夾著一晃已是點燃。

他沒有菸癮，這只是尋求一種紓壓的出口，宣洩他被欺騙的難受情緒。

他用燙紅的菸頭指向倪嫚欣右手腕的紅色繩環，「從妳進來開始，一直用手碰觸那個繩環，就是在對我下暗示，對吧？」

倪嫚欣無言以對地默認。

「我看妳根本不是什麼律師，而是催眠師吧？嘿！不過妳的催眠技術真的出神入化，想不到竟然連死神都會被妳催眠。」死神吞吐出一陣抑鬱的菸圈，「妳編的故事很棒，很感人。」

完全被看穿的倪嫚欣反而笑了，「別囉哩囉嗦浪費時間了，乾脆一點，再來一杯孟婆湯吧。」

「妳唯一的失誤就是太過輕忽，不知道我平常喝孟婆湯跟喝水一樣。」死神左手一揮，一杯淡金色的孟婆湯已浮現在倪嫚欣桌前。

「我只是想測試妳一下。」死神笑了，眼中卻沒有笑意，「如果妳能夠演到最後，維持這麼癡情又楚楚可憐的樣子，我想我還是會上當，乖乖走進黑色大門的，可惜了。」

倪嫚欣沒有接話，只是願賭服輸地搖了搖頭，舉起那杯孟婆湯。

在她喝下之前，死神問了她最後一個問題。

「聽說催眠都必須設下一個解除條件，當條件成就的時候，催眠就會失效。」死神菸抽得很慢，像是在梳理自己的情緒，「妳對我設下的條件是什麼？」

「哈哈哈……」倪嫚欣放下那杯孟婆湯，笑得花枝亂顫。

死神耐心地等待她無來由的發笑結束。

「你的解除條件是……」倪嫚欣眨了眨眼，「如果我愛上你，催眠就會失效。」

死神沉默了。

這句話像是一條引線，徹底點燃他被倪嫚欣玩弄感情的憤恨——自他成為這個空間的神以來，從來不曾體會過這般羞辱。

他把菸收入右手，握緊，用疼痛熄掉了菸火，也緩和了心中的憤怒。

「好。」死神一字字地說，「妳可以喝下孟婆湯了。」

倪嫚欣看著死神的憎恨眼神，忍不住笑了，雖然功虧一簣很可惜，但反正人都死了，也沒有什麼好怕了，能夠玩弄死神的感情，也算是了不起的成就。

然後杯子哐啷落地，碎成複雜的情緒，一下子全部湧了上來。

二〇〇五年冬天，台北市某醫院安寧病房。

倪嫚欣買了姚于光最愛吃的虱目魚粥，在打開病房門前整理好自己的情緒，讓姚于光總是看見她可人的笑容。

在Ace成為亞洲最知名的催眠師之前，姚于光是東亞催眠師界的第一把交椅，只是他再怎麼能編造出栩栩如生的世界，卻也改變不了自己罹患癌症末期，只剩下幾個月生命的事實。

四十多歲還是孑然一身的他，沒有親屬，只有倪嫚欣這位唯一的女徒弟，跟著他學催眠術學了六年多。她從少女出落成氣質出眾的美女，從學生偷偷成為了仰慕他的戀人。

沒有人知道他們的戀情，兩個人都知道這些事情不足為外人道，有些情感本來就是堅定真摯地不需要任何形容與描述。

今天姚于光的氣色很差，斯文的面容蒼白得像一張紙，可以寫上很多的情緒。

但他只是要倪嫚欣先將虱目魚粥放到桌邊，請她坐到病床上，依偎著他虛弱的身體。

他凝視著她大而深邃的眼瞳，無疑是這個世界上最美好的事物。

「謝謝妳。」姚于光淡淡說著，從上衣口袋拿出了一條紅色繩環，為她繫在右手腕前，細心而緩慢地打了一個特殊的繩結。

倪嫚欣看著他專注的神色，一個動作一個動作地編出紅色繩結，緩慢而優雅，深深吸引她的目光。

倪嫚欣記得姚于光教過，催眠的起手式就是從吸引對方的目光開始，當他的目光被你吸引，全神貫注的同時也正是其他身心鬆懈的表徵，你才有辦法透過催眠術對他下暗示，讓他在不知不覺中，中了你的催眠。

催眠真的是一門優雅而暴力的藝術。

倪嫚欣的心跳突然漏了一拍，在繩結完成的最後一瞬間，她想到一個極為驚悚的問題——姚于光是不是正在對我催眠？

「好了，這個叫相思結。」姚于光微微一笑，「誰料同心結不成，翻就相思結。」

倪嫚欣不記得自己聽過這句話了。她記得姚于光是她崇拜尊敬的師父，但她已忘了他們那段堅定無比的愛情。

幾個月後，姚于光病逝，一身黑服的倪嫚欣在喪禮上哭得肝腸寸斷，卻沒有一滴是情人的眼淚。

姚于光早已知道重視感情的倪嫚欣，即便只是師徒分散的悲傷，仍然會讓她久久無法釋懷，他不願自己的離去成為她的負擔，於是溫柔的他同時下了第二道催眠：隨著時間流逝，倪嫚欣對於師父的孺慕思念，也會一點一滴地無情消散。

她甚至漸漸連他的容貌都不復記憶，不再想起，就不會再有悲傷。

她還年輕，還有美好的人生要走，所以他為她設的解除條件是——如果有一天，姚于光對她真正感到憎恨。

催眠這輩子不會解除了，以後的每一輩子也都不會解除。

「真的謝謝妳。」姚于光已經覺得心滿意足。

「于光，我是嫚欣啊！」催眠解除，終於認出姚于光長相、想起所有事情的倪嫚欣，歇斯底里地向死神哭喊。

「哼哼，這次我又改名字叫做姚于光了，是吧？」死神冷笑，聽著倪嫚欣瘋狂逑說她與姚于光之間的故事，活脫脫像是一個粗製濫造的謊言。

眼淚已經無法承載倪嫚欣的情緒，她心如刀割，泣不成聲，不知道如何能夠讓死神想起一切真相。

「夠了。」死神對她的眼淚感到厭煩，「喝一喝快上路吧。」他冷酷地指著那杯孟婆湯，有如毒藥一般。

剛剛才喚回記憶的倪嫚欣，卻說什麼也不想再失去他。她已經失去了十幾年，失去了約好的一輩子。

面容姣好、氣質出眾的她雖然追求者眾，但姚于光過世之後，卻一直沒有再讓其他男人開啟她的心房，她自己也說不上原因，像是在茫茫人海中始終找不到真正的「他」，也像她始終不清楚手上的紅色繩環從何而來，只記得對她應該有非常重要的意義。

她現在明白了一切，真正的「他」——姚于光就在她眼前，她又怎麼捨得喝下這杯孟婆湯。

「不要逼我動手。」死神的命令冰冷得沒有絲毫溫度。

倪嫚欣顫抖的手舉起孟婆湯，別無選擇地飲下，不管那些記憶何者為真，這輩子的事情都與她無關了。

等到一切都沉澱而消散之後，迷惘的她依照死神的指示，開啟了那道黑色大門，走進那片不知道通往何處的光亮。

死神拍了拍手，餐廳場景又跟著轉換，死神準備迎接下一個，又一個，永無止盡的引渡過程。

——如果如此，姚于光就真的是完全符合「祂」期望的死神：一個孤獨的引渡者，不帶有任何自己的情感，沒有過去也沒有未來。

——可惜的是，死神最後還是猶豫了。

「算了，等一下。」在倪嫚欣喝下孟婆湯之前，死神嘆了口氣，「妳雖然是個騙子，但不管好人壞人，在我這裡人人平等，我還是要遵守我的原則。」

倪嫚欣的淚眼看到一絲希望。

「剛剛那頓噁心虛假的晚餐不算，妳還是可以選一個人來陪妳吃最後的晚餐，任何的菜色，任何一個人。」死神聳肩，這是他能給她的最大寬容。

「好，謝謝你！」擦掉眼淚的倪嫚欣欣喜若狂，毫不猶豫地說出：「我想要姚于光，台北人，一九六四年五月二十日出生。我想和他一起吃晚餐。」

「如妳所願。」死神不動聲色地揮了揮手，已是喚來了姚于光……？

——沒有人出現。

裝潢精緻的歐式餐廳裡，還是只有死神與倪嫚欣兩人對坐，像是一場慎重浪漫的晚餐約會。

死神看向自己揮空的手，又看向倪嫚欣手上的紅色繩環，瞬間明白了一切，原來姚于光已經來了。

「我是姚于光，妳是倪嫚欣。」

「我是倪嫚欣，你是姚于光。」

他們重複著彼此的姓名，像是再次確認那些永恆不變的情感。

姚于光看著眼前的她，美麗的淚容將是他生生世世的新娘。

「我願意。」

「我也願意。」

餐廳的光線晃動如閃電，他們卻只是相視一笑，彼此的心意相通也如觸電。

反正死都已經死了，也不用再害怕什麼了。

這一次，說什麼都不分開了。

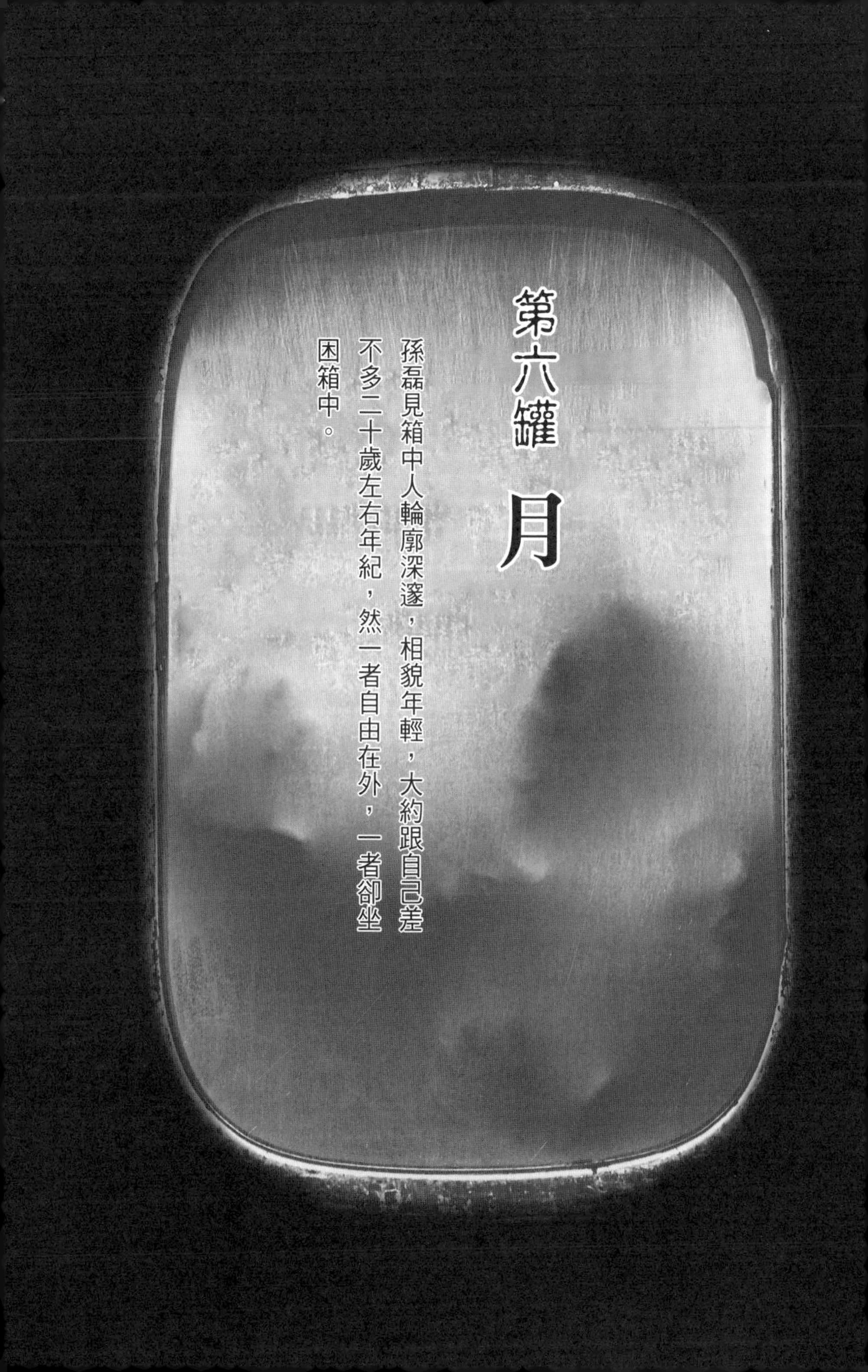

第六罐　月

孫磊見箱中人輪廓深邃，相貌年輕，大約跟自己差不多二十歲左右年紀，然一者自由在外，一者卻坐困箱中。

漢至先五年，北方魏國頻仍興兵，凶猛鐵騎銳不可擋，積弱已久之漢軍節節敗退，連失燕、楚、荊三州。眼見長江亦要失守，漢光帝劉奭急調平南大將軍呂擎北上增援，在呂家軍七萬兵馬之鎮守下，城防固若金湯，魏軍遲遲無法越雷池一步，於焉雙方議和。

朝堂之上，漢國文武大臣無不附和止戈停戰，獨呂擎力排眾議，講至激動處更徒手劈案，鏗鏘誓言奪回三州，否則單憑長江天險，野心魏豺早晚直取金都。漢光帝幾經躊躇，終究是信任在先帝時即名滿天下之呂家軍威望，下旨呂擎領十萬精兵揮軍北上。不出三月，魏國鐵騎被打得落花流水，十四戰十四勝，呂擎風光收復失土，以其一把虎頭軍刀安定大漢國勢，聲望之崇隆一時無與倫比，震動天聽。

然而，所謂功高震主，漢光帝雖循式依禮為呂擎加官晉爵，大讚國之棟樑云云，但內心實已對其深深猜忌。而魏軍敗退之後，魏明帝曹極怒按軍律處決將領，梟首示眾猶憤恨難消，旋即率三十萬大軍御駕親征。

曹極乃魏國一代霸皇，不惟治國有方，萬民欽服，其用兵更有如鬼神，先是西平數十萬朝白族，又數度重挫漠北蒙古雄騎，迄今不敢來犯，如今魏強漢弱之勢，即是其在位十年之功。

曹極大軍重襲，漢國仍由呂擎領十萬兵馬周旋，雙方主帥均是不世出之名將，但在兵力懸殊下，呂擎堪堪陷入苦戰，詎朝中奸佞竟利用兵荒馬亂、人心浮動之際，捏造證據捕風捉影，誣陷呂擎圖謀不軌。魏軍刺得上情，更將計就計配合演出，生性多疑之漢光帝，終聽信讒言，誤認呂擎確有串敵之情，乃下詔押解呂擎回金都受審，不由其分說便打入囹圄。本已擇日處死，幸多名文武官將死諫求情，輿論如潮，呂擎逃得免死，惟遭毀去筋脈，終身無法再持刀劍，形同廢人，永囚天牢。

漢軍陣前換將，魏軍立即以摧枯拉朽之勢連破數州，一月之內更強渡長江，直逼金都，漢光帝狼狽遣使求和，無量割地賠款，甚至忍辱稱臣朝貢。魏軍大捷，國土版圖之大前所未見，史稱「盛魏」。

漢至先十年，九月初八。

黃沙滾滾，荒漠古城，華州呼延道，中土西域貿易往來之重要關口。

號稱大漢第一鏢局之震遠鏢局自關口接鏢，這是一件由西域進口之鏢物，乃高達七尺見方之巨大木箱，上頭佈滿多個細小孔洞，沉重異常，由數名鏢師合力扛上鏢車。

此趟由總鏢頭孫震親自督鏢，副總鏢頭郭向遠及精銳鏢師十幾人隨行押鏢，震遠鏢局傾全局之力護鏢，足見此件鏢物何其重要。而此行格外不同的是，總鏢頭孫震甫屆弱冠之獨子孫磊也在列中，孫震欲藉此機會使其長長見識。

「九月十五，日落之前，務須送達金都，免誤大事。」託鏢者再三叮囑要在七日之內達抵金都，託鏢金更高達千兩白銀，此行實屬非同小可，孫震莫不告誡底下人要如履薄冰，警戒肅備。

「起鏢！」孫震雙目如電似火，掃視四周後，沉聲下令。

「起鏢——！」震遠鏢局眾鏢師齊聲附和，鏢旗高楊，迎風威武，初出江湖之孫磊見了此情此景，心中豪邁雄情不禁油然而生。

以呼延道至金都之路程，七日之期限本非寬裕，但孫震為求萬無一失，並未下令連夜趕路，僅要求眾人全神貫注、平穩前行。只見副總鏢頭郭向遠腰掛長劍，白馬一騎在先，遙想二十年前伊甫出武當山，機緣巧合下與孫震在金都一會，兩人以武會友，衡論時事，青年豪俊英雄惜英雄，遂以兄弟相稱，共闢震遠鏢局，興業未久便名揚天下，迄今不衰。

震遠鏢局紀律嚴明，一眾人馬前進無人交談，宛若剽悍衛兵行軍於大道小徑，肅靜迅疾如風過山林——然而隨車護送鏢物的孫磊，卻聽見了不尋常的聲響。

那只巨大木箱隱約傳來碰撞聲，以及斷斷續續的低沉語聲。打從接鏢以來就無人過問鏢物為何，此亦為鏢局之大忌，避免聲張引人覬覦。然孫磊終究少年心性，聽到裡頭發出奇特聲響，忍不住好奇將眼湊近木箱上之孔洞窺視。

「啊！」孫磊大叫一聲，驚嚇狼狽地跌坐在地。

他看見箱內亦有一隻眼睛回盯著他。

「荒唐！」孫震見狀大怒，一雙銅鈴火眼瞪著孫磊，「去扛箱！」望子成龍，孫磊身為孫家獨子，自幼家管甚嚴，父令如山。他見到父親面若寒霜，趕緊噤聲奔至隊伍後方，幫忙幾位鏢師扛箱搬運隨行用品。但他依舊驚魂未定，畢竟剛剛所見之景象過於駭人，心頭更滿是疑惑：何等託鏢，竟要將活人從西域運至金都？

是夜，上弦雲月，鏢隊於密林紮營，鏢師們撿柴生火，將沿途獵捕的野味、活魚燒烤充作晚膳，鏢行期間不得飲酒，除了輪值看守者外，一眾鏢師圍著營火，以茶代酒，對酒當歌，雖受聘為職，終不失江湖草莽之豪傑氣概。

孫磊坐在孫震身旁，聽孫震追憶過往鏢局之風光勳績，又高抒日後鏢局之鴻圖野望，孺慕不已，父親無疑是他心中最偉大的英雄。

晚膳過後，眾人歇息，鼾聲此起彼落。孫磊躡手躡腳爬起，雖然他不知道箱內究竟是何人，但本性良善的他總認為不能讓箱中人挨餓，於是將偷藏的幾片野肉透過木箱孔洞，遞給箱內之人。

只見箱中人赤身裸體單著一條黑褲，體格高瘦，金髮碧眼不似中土人士，手腳尚銬著鐵鐐，蓬頭垢面有如階下囚。

他顫手接過那幾片熟肉，漆黑裡聞到香味也顧不得是什麼食物，張口就是狼吞虎嚥，一邊咀嚼一邊說著孫磊聽不懂的語言，表情甚是驚恐。

「沒事的，再過幾天就到了。」孫磊也不知箱中人是否瞭解，逕自將水袋傳進箱內，微笑示意。

月色昏暗，一箱內外飲食傳遞，施與捨，得與失，盡在不言中。

翌日清晨，鏢隊出發前，孫震將孫磊喚至一旁僻靜處。

「昨夜你為何接近鏢物？」孫震捋鬚問道，昨夜動靜絲毫未能逃過他的法眼。

「爹，箱中是個人……」孫磊壓低聲音，環顧四周確認無虞後，方繼續道：「就算是名犯人，孩兒也不能看他活活餓死。您試想，這箱中之人若送達金都前就死了，咱們這趟鏢還算成嗎？」

孫震細思此話，沉吟不置可否。

「爹，孩兒看這趟鏢有點古怪，那箱中人好像是西域洋人，手腳又被綁住鐵鍊，如果是朝廷欽犯，怎麼不派官兵解送？而且他……」孫磊還待往下說，卻被孫震揚手止住。

「磊兒，俠者仁義，昨夜之事爹不會阻攔你，但務須隱密為之，避免人心浮動，多生枝節。」孫震頓了頓，示意孫磊附耳過來，「鏢物之事切莫再問，爹懷疑是皇上下的鏢，泱國大事非吾輩草民所能置喙。」

孫震語聲甚輕，卻遮掩不住沉重無比的皇權天威。

孫磊將孫震的話謹記在心，接下來數日皆是趁夜深人靜，眾人酣睡之時，偷偷將飲食送入箱內。月色漸趨明亮，孫磊見箱中人輪廓深邃，相貌年輕，大約跟自己差不多二十歲左右年紀，然一者自由在外，一者卻坐困箱中。他似乎能懂得箱中人嘴裡低喃的西域語，句句都是乞求釋放的悲鳴。

此趟鏢一路平安，第七日即九月十五日傍午，一行人已抵達金都郊外孔孟亭，再幾個時辰的路程即可進入金都北大門，日落之前順利運抵。

目的地已是遠眺可及，眾人無不振奮，孫震卻突然高舉右手，下令全隊暫停。

最前方之郭向遠已抽劍出鞘，眾鏢師心中一凜，隨之全神戒備，紛紛取劍拔刀，登時一片肅殺。

「金都震遠鏢局途經此道，前方朋友有何指教？」孫震聲若洪鐘，深湛內力將此話語高傳遠播。

只見百尺之外，兩旁草叢竄出十來名黑衣人，人數與震遠鏢局不相上下，而他們不須言語，手裡亮晃晃之兵器早已表明來意。

「哼！敢情不知震遠鏢局之名號？」郭向遠冷笑一聲，縱身下馬飛去，金石鏗鏘，轉瞬已與三名黑衣人短兵相接。

孫震瞅著黑衣人個個身手不凡，但出刀架勢卻不似江湖人士，招招迅捷縝密，樸實無華，隱隱透露兵武軍風，他思及本件鏢物與朝廷之關聯，不禁心裡犯突。

眾鏢師業與黑衣人等交上手，雙方刀劍火熱，然孫震猶未拔刀，他仍然安坐馬上，仔細觀察這班黑衣人之一舉一動。

孫磊則取刀與一名年長鏢師守在鏢物兩側，握刀的手滿沁汗水，畢竟有生以來第一次與人真刀交戰，他既興奮又緊張，一副躍躍欲試的模樣。

震遠鏢局此行鏢師乃孫震親自挑選的老手，不僅見識豐富，手下功夫更是了得，而郭向遠的一套兩儀劍法早已名動金都，一劍綠林游龍所向披靡。不過片刻，黑衣人伍已露敗相，只見領頭的黑衣人突然收劍，看似要逃之際卻猛地竄近木箱。孫磊見狀連忙格刀去攔，他家學淵源資質奇佳，武學根基深厚，雖是初次實戰卻也有模有樣，但不料黑衣人交手一招就借力使力側身一閃，傾力擲出手中大刀。

大刀被孫震飛身一把擒住。只見他後發先至，風雷迅疾奪下離木箱不過分寸之刀鋒。

領頭黑衣人見狀仰天嘆嘯，悻然下令撤退。震遠鏢局為求鏢物萬全，不願多生枝節亦不追趕，四周頓時又寧靜下來，除了幾名鏢師掛彩之外，眾人均無大礙。

孫震思忖，剛剛那群黑衣人並未全力拚戰，其目的僅似欲窺探鏢物為何？他拿著那柄大刀端詳，只見刀柄上緣刻劃一個側十字，曾投身軍戎的他，認得這是魏國禁軍之標識。

以他闖蕩江湖多年之閱歷，總覺得此趟鏢背後藏諸太多祕密，隱隱不安，遂下令眾人放緩腳步，提高戒備，最後一里路務必全神留意。

殘陽西斜，再越過前方密林便抵達金都，估計入夜不久即可運至，然而經過方才風波，此刻日色昏暗，孫震擔心林內恐有埋伏，萬無一失起見，乃命鏢隊於林外紮營，翌日清晨再快馬穿林。

日已落，月將起，今宵鏢師們不再飲茶高歌，眾人圍著營火抱劍危坐，最後一夜莫不格外小心。

孫磊將幾條烤魚悄悄用白布包好揣入懷中，欲待深夜大家就寢後，再偷偷遞給箱中人。

皓月高升，孫震負手在後遠眺，明月如白玉銀盤，家鄉近在咫尺，今夜正是十五月圓。

鏢車上的木箱突然劇烈震動，孫震甫回頭，整個木箱竟如火藥炸裂般破散飛碎，一旁鏢師被彈開跌坐在地，孫震虎目不禁擴睜——

這是什麼妖物？

孫磊見狀也驚得目瞪口呆，連刀都忘了拔。

只見鏢車之上，木箱揚飛的碎片塵粉之中，一頭雙腳站立，高長九尺、筋肉糾結的棕毛巨狼，正朝著圓月嚎叫。

「畜牲！」冷靜果決的郭向遠長劍如電，直取巨狼咽喉。

然後巨狼一拳掄爆他的頭顱，血肉紛飛。

巨狼大吼，如瘋似狂。

看到武藝超凡的副總鏢頭一招亡命，眾鏢師發抖得幾乎要握不住刀劍。

孫磊心下駭然不止，箱中高瘦的西域人怎麼會變成了這頭巨狼？又怎麼會如石擊豆腐般，瞬間轟殺了劍法無雙的郭叔父？

孫震自腰際拔刀，眼見手足同袍慘死當場，當家之主的他仍舊沉穩非常。

「逃！」他對眾鏢師說，更是對孫磊說，卻是連回眸見兒子一眼的餘裕都無。

「金都霸刀」曾縱橫沙場，千萬軍中直梟敵首；曾獨力挑翻三大黑寨，一刀震金都，如今面對人型巨狼能有幾分勝算？

三招。

大刀在巨狼胸口劃下一道口子，毛血淌落。

但巨狼凶爪已抓住孫震雙手，用力往外一扯，震遠鏢局之總鏢頭登時被撕成兩半，血肉模糊，野蠻有如屠宰牲口。

「爹！」孫磊哀叫出聲，雙腿一軟跪倒在地。目睹人寰之慘絕，他只顧痛哭流涕，根本無力亦無心思逃。

只見巨狼龐壯身軀濺滿鮮血，有如殺人魔神，竄逃的鏢師無一倖免，連馬匹都被巨狼咬斷脖頸，頃刻間震遠鏢局全體被就地滅戶，慘狀宛如煉獄。

然後巨狼站在孫磊面前，瞪著血紅大眼直盯著他。

孫磊癱軟在地，滿臉鼻涕淚水，仰望這頭殘暴野獸，悲愴難抑的他已無所畏懼，只盼能一死了之。

但那頭巨狼或許認得孫磊正是曾施食予牠之人，只對天朝圓月又高嚎一聲，轉頭伏地迅疾奔離，留下一片血流成河。

孫磊抱著父親分裂的屍身不知嚎啕多久後，慌慌月光下他跨過一具具叔叔伯伯的屍體，狂奔進密林，一心一意要趕回金都求援，只想帶他的父親叔伯們返鄉安葬。

他遭逢巨變，六神無主，不僅輕功施展不開，腳步更是踉蹌不已，夜色昏暗下，一不留神竟在狹彎處跌落山坡，坡勢陡峻，孫磊宛如圓筒不斷滾落，沿經擦碰草木石塊，遍身傷痕，直到頭部重撞崖上那株碩大老樹，才暈厥了過去。荒月山野，冷冷寒光映照孤苦無依、失去意識的他。

全身血腥的巨狼則往回奔跑，牠並非漫無目的地亂竄，而係尋著原先道路狂奔，彷彿要逃回西域般不眠不休竭力前行。然而縱使牠迅如雷電，橫越數百里之後，圓月已沉，晨光將現，牠猛然回頭，朝陽適破穹初升，日光灼燒牠的身軀，牠淒厲嚎哮，全身筋骨皮毛如要撕裂，直痛得暈厥過去。

孫磊醒覺之時，躺臥在一床整潔的舖褥上，全身已梳洗過，依舊疼痛的傷勢亦經過包紮。

「你醒了?」一名高壯的中年漢子端了一碗熱粥走近床邊，將它遞給孫磊，孫磊正感肚餓，顧不得燙口，仰頭就胡亂吞下。

漢子見狀微笑，只見他約莫四十來歲年紀，正值少壯，灰白頭髮鬍鬚卻長過雙肩，但梳理尚為整齊，眉宇英氣雙目炯炯，頗有隱居世外高人之風。

「感謝前輩救命之恩……」孫磊想要起身答謝，但傷口疼痛難耐，長髮漢子攔住他示意不必多禮，孫磊覺得他一雙厚掌軟綿綿的，與那副壯碩身材很不相稱。

「前輩，晚輩家門橫遭不幸，家父孫震現仍曝屍荒野，晚輩勢必要趕回金都。」孫磊咬牙，淚水在眼眶打轉。

「你是孫總鏢頭之子?」長髮漢子的目光頗有深意。

「是。晚輩孫磊，家父與郭向遠叔父一同自西域接鏢要運回金都，不料鏢物竟是頭人型巨狼，鏢局上下盡數被殺害……」孫磊憶起當時情景，不禁又是聲淚俱下。

「你且不用著急，孫總鏢頭之事我已派人先去處理，你便在此處好生養傷。」

長髮漢子說得不疾不徐，顧盼中自有一股威嚴。

孫磊此時才注意到，屋內陳設簡樸素雅，最顯眼者是高掛在牆的一把虎頭軍刀。

「敢……敢問前輩大名？」孫磊顫聲問道，但他心中已有了答案。

長髮漢子高身昂立，頷首捋鬚。

「老夫大漢一介罪人，呂擎。」

「呂大將軍，請受晚輩一拜。」孫磊顧不得傷勢，迅疾翻下床，雙膝跪地伏拜，「家父乃呂家軍舊部，承蒙大將軍提攜照顧，大將軍護家報國之大恩，沒齒難忘。」

「孫副將公子，快快請起。」呂擎扶起孫磊，力道依舊柔弱輕無，面上微笑，似在回想軍中許多舊事。

呂擎要孫磊再躺回床鋪休息，以免創口迸裂，自己則沖了一壺熱茶，坐在床沿，與孫磊追懷過往孫震從軍的赫赫戰功。說起魏軍如何殘暴不仁，呂擎如何率部奪回失城、拯救黎民於水火，大小戰役如數家珍，字字句句都讓孫磊聽得熱血沸騰，恨不得效法父親，即刻追隨呂擎投身烽火沙場，為大漢收復失土、打回江山。

待呂擎講到孫震單槍匹馬，直取魏軍先鋒首級之風采時，只見他虎目含淚，停頓良久，竟是下床向孫磊深深一揖。孫磊大驚，連忙也下床攙起這位大漢第一英雄。

「大將軍何以如此折煞晚輩？」孫磊不解。

「今日震遠鏢局之變，實受老夫之累啊！愧對故人，愧對故人！」呂擎仰天長歎，如虎悲鳴，淚如淌血。

「敢問大將軍，鏢物可是與朝廷有關？」機敏如孫磊，登時聯想起來孫震曾提及鏢物之來歷非比尋常。

呂擎稍緩悲嘆，端詳孫磊年輕卻堅毅的臉龐，確實是幾分相似當年自己最得力的左右手，暗自思忖：此計雖有變數，但或許反是轉機？

呂擎正待開口，外頭卻傳來倉促的腳步聲。

孫磊家學淵源，只聞腳步聲落地如雷，沉穩俐落，便知道來者一行人武功造詣之高，難以想像。

「報告大將軍！」來人雖急卻不敢造次，待呂擎應聲後方進入屋內。

一行八人，身著黑衣，胸襟處以金線繡著一枚小篆：「風」。

孫磊一驚，認出這是大漢神風衛，全隊不過三十七人，卻是大漢歷朝網羅天下武學能士所組成之最強軍力，直屬御前，不僅身負金都皇城重中之重——承明殿之守衛安全，更是受漢光帝之密令，執行各式刺殺、緝捕任務。

「神風至處，有如君臨。」孫磊不禁喃喃，世人聞神風威名無不色變，此時他竟在荒郊野屋得見八名神風衛。

「大將軍，搜了方圓三百里，仍不見狼人蹤影。」帶頭的神風衛抱拳，面帶歉意，卻遮掩不住臉上從右眉切至左顎的長疤，以及憑此立世的威名——神風衛指揮使，薛九京。

「天亡大漢？天亡大漢哪！」呂擎長嘯，悲鳴又起。

呂擎相當清楚，如果神風衛未能搜捕一人，天下就再無搜捕該人之法。狼人若非已死，便是已逃回西域。

「大將軍莫急，容吾等再派人去西域查訪，或許能探得狼人蹤跡。」薛九京試圖安撫焦急心切的呂擎，「況且近來神風衛又加入數名好手，甚至少林第一武僧也願意投身報國，尚有四年時間，此事未必不成。」

呂擎並未回應，轉身走向高掛在牆的虎頭軍刀，緩緩抽出一把大漢江山的血淚。

金光如陽，豪氣不減。

呂擎靜默地端詳刀身，像是細細檢視其上每一場戰役的痕跡，忽地反手，舉刀向天。

「天亡大漢？」呂擎朝天怒吼，「可有願隨我逆天之士？」

「吾等誓死追隨大將軍！」八名神風衛立刻單膝跪地，齊聲應諾。

「孫磊也願誓死追隨大將軍！」孫磊對於呂擎的行動雖然一無所知，卻能清楚感受到他保家衛國的赤心耿耿。

呂擎在，大漢在。

即便他已臻花甲之年，武功盡廢，卻是唯一能扛起大漢江山之人。

呂擎雖遭人誣陷獲罪，砍斷筋脈囚入天牢，仍止不住大漢志士拳拳護國之心，以右相蕭段、薛九京為首，神風衛暗中救出呂擎，送至此山野荒郊蟄居，並透過神風衛居間聯繫，與朝中蕭段裡應外合，互通有無，故呂擎雖遠離廟堂，卻可運籌帷幄於千里之外。

「大漢之積弱雖非一夕所致，曹魏之盛卻是一人之強。」是夜，屋內只餘呂擎及孫磊二人，呂擎緩緩道出為期四年、中興大漢之計策。

——「**刺魏**」。

魏武帝曹極乃一代霸皇，不僅治軍有術，魏軍鐵騎無往不利，更是治國有方，商富農足，稅收豐厚，二十九歲即位不過十年，已是拓闢魏國疆土逾倍，力呈漢弱魏盛之勢。

「如能刺殺曹賊，曹魏又該如何？」呂擎目光如刃，尖銳有如刺殺曹極之劍鋒。

曹魏諸皇子均未滿弱冠，資質平庸，曹極雖已立二皇子曹齊為太子，但曹齊之母早逝，後宮無援，以致皇后之子三皇子、五皇子及其擁護者均虎視眈眈，隱隱可見奪嫡之爭。

如能一舉刺殺曹極，曹魏必亂。

然而曹魏帝京有玄武師、禁軍、中驍衛重兵看守。曹魏鐵騎已是縱橫天下無敵手，中驍衛更是曹軍菁英翹楚，將士莫不以能加入中驍衛為榮；禁軍連弩陣號稱天羅地網，百步之內，不留活物；玄武師則與大漢神風衛齊名，卻有七十八人之眾，而玄武師之首乃朝白族第一高手——玄武師軍長宇文劫，才是呂擎最為顧忌之曹魏戰力。

「至先二年，定衙山一役，我本可揮軍直搗潼關，勒住曹魏與西域往來之重要通道。」呂擎感慨，竟流露出難得之敬畏神色。

不畏鬼神，只因未遇鬼神。

只見宇文劫長髮飛散，一身雪白一把銀劍有如鬼魅，直取大漢三名准將、五名副將頭顱，一一垂於潼關之前，大漢五萬大軍不敢擅動分毫。

呂擎在陣中見得他的雙眼，孤傲如鷹。他心知肚明，宇文劫絕對擋不住大漢打下潼關，但呂擎也知道，在漢軍攻入潼關之前，自己的腦袋必是先一步被宇文劫掛在潼關之上。

一人之命何足掛齒，只是大漢未來如何抵禦曹賊？

於是呂擎從軍十七年，第一次撤兵，也是第一次對一人之刀劍感到敬畏。他不畏生死，只憂懼大漢興亡。

「宇文劫在帝京一日，天下就一日無人可取曹賊首級。」呂擎說得斬釘截鐵，孫磊聽來直覺得不可思議，宇文劫單槍匹馬之勢竟猶在玄武師、禁軍及中驍衛數千名精銳之上。

再越四年，曹魏與蒙古邊界止戰和約將至。

「屆時魏太子已成年，曹賊必遣曹齊移防北境，一來對蒙古展示魏軍軍容，二來則要曹齊藉此立功，以定太子威信。」呂擎沉吟，「北境凶險，太子矜貴，曹賊為護曹齊周全，必派宇文劫隨身侍衛。」

「宇文劫一出帝京，就是曹賊亡命之時。」呂擎說得咬牙切齒，彷彿已是手刃曹極。

宇文劫雖不在側，但玄武師、禁軍及中驍衛仍是不敗之勢，世人誰信有人能在帝京三軍之中，取下曹極人頭？

曹極不信，呂擎也不信。

直到神風衛探得西域有一稀世番人，每逢夜黑月圓之際變身為狼，凶暴無匹，膂力疾速無人可擋，刀槍不入，非屬世上所有之妖物，西域傳稱：「**狼人**」。

「如能由神風衛率眾帶狼人攻入帝京朝天門，曹魏三軍雖強盛，又豈能擋下魔物？」呂擎說來感慨，此計本是勢在必得。

曹魏把持潼關在內之西域重要通道，對於大漢及西域之往來瞭若指掌，如遣神風衛至西域運來狼人，消息必定為曹魏所悉，從而呂擎先遣人接連運送數批西域奇珍藥材至金都，以混曹魏耳目，而最為重要之狼人一鏢，則交由呂擎最為信任、舊時部屬孫震所領之震遠鏢局押送，為免消息走漏，此情孫震自不知曉。

至此孫磊恍然大悟，明白了何以朝廷要押送狼人至金都，又何以途中會遇見黑衣人刺探鏢物。

「詎料途中竟遭此橫變，也要怪吾等太過輕忽，東海寒鐵所鑄成之戒具竟也困不住那魔物，真是時不我予，時不我予！」呂擎止不住感嘆，他想望狼人竟能徒手毀壞東海寒鐵，倘若讓狼人闖入曹魏朝天門，將是如何摧枯拉朽之勢！

呂擎本欲待狼人運進金都後，交由神風衛祕行看管並加以訓練，務使狼人效忠大漢而聽令神風衛，四年後一舉刺殺曹極。如今狼人逃逸無蹤，除了命神風衛繼續搜捕外，也只能重新籌組刺魏戰力。

孫磊承繼孫震血脈，資質清奇，更有堅決復仇報國之心，於是呂擎決定收孫磊為徒，以四年之功，傳授畢生絕學破軍十式，期能助成刺魏大業，再待薛九京集結神風衛精銳，只盼皇天終能不負苦心人。

孫磊當即伏地拜師，他明白了父親不是無端橫死，而是為大漢報效犧牲，自己身上有了無比的重擔，是父仇，更是國恨。

一如每次月圓夜後的甦醒，他感受到全身筋肉痠痛無比，睜著惺忪睡眼正要起身，卻被一隻溫柔的手擋住。

「別急，小心動到傷口。」

他聽不懂中原語言，卻能辨識這是一句善意的提醒。

身處在一間簡陋的茅屋內，躺在粗糙堅硬的木床上，面前是一位梳著辮子、細眉大眼、膚色如麥的年輕小姑娘，正對著他微笑。

他知道是她救了自己，但語言不通的他，不知如何表達內心的感謝。

惟人與人之間，似有那股心有靈犀，他止不住地憨笑，也逗得她笑靨如花。

「沒事的，我跟阿爹出外採藥，剛好遇見了你倒在路旁，我阿爹的醫術可厲害了，你一定能早日康復！」她笑道，「我叫綠兒。」

「綠……綠、兒……」他彷彿幼兒牙牙學語，知道這是她的名字，他很感謝她，他想記得她。

「對，我叫綠兒。哇，你的眼珠子可真美。」綠兒看著他湛藍的眼瞳甜笑，「你也有名字嗎？」

「綠……兒……」他不解，只能重複她的名字而憨笑。

「哈哈，你真有趣。」綠兒又笑了，有如風中搖曳的紅花，「我才是綠兒，你不叫綠兒。你沒有名字的話，我叫你『好田』好嗎？」

綠兒推開門，外頭陽光燦爛，正向著一片青田綠水，一幅恬靜悠哉的農村景色。

「黃好田，希望你是我們黃家村最好的一畝田。」不知為何，雖然語言不通，但綠兒總覺得他有一種難以言喻的親切，「把這裡就當你的家，好嗎？」

他知道這是一種邀請，對眼前這位年紀相若的美貌姑娘也頗有好感，微笑點了點頭。

風過稻穗，金浪如舞，卻拂不去綠兒臉上的一抹紅暈。

四年之短，有如白駒過隙，轉眼即過。

四年之長，卻足以使黃好田學會了中原語，並與綠兒結成連理，生下一個白白胖胖的男娃。

黃好田勤奮努力，氣力又大，耕田鋤草等農務不落人後，更能熱心助人，村民無不讚譽欣賞。綠兒看著他真的種出了一畝畝好田，對自己更是疼愛有加，只覺受上天眷顧，得了一位天上掉下來的好夫婿。

不過每逢月圓之夜，黃好田總是神祕兮兮地稱要去拜祭母親，卻從不讓綠兒隨行。他一去就是一整夜，近午時分方疲倦而歸，倒頭就是睡了一天。綠兒怎麼問也問不出緣由，更讓她對丈夫如此異常之處，隱隱覺得不安。

但綠兒從小成長在山野黃家村，自然不羈，天性樂觀，倒也不如何放在心上，她只盼能與黃好田一同將幼子扶養長大，種出更多的好田。

他們的幼子取名黃西，因為黃好田說他來自西方，但這輩子不打算回去了，他想要與綠兒白頭終老黃家村，只期盼兒子長大成人後，能替他返回西域故土探望。

四年之長，足以讓孫磊之破軍十式使來純熟精煉，劈空斬無，卻有如追雷趕火，聲勢驚人。

「好！好！好！磊兒使得好刀法，縱是師父盛年，也難敵你的刀勁。」呂擎捋鬚微笑，讚賞不已。

「師父謬讚，徒兒只盼能替師父在朝天門多殺幾名魏軍。」孫磊收刀。話雖如此，他卻清楚知悉自己刀法有著長足的進展，爹爹如地下有知，想必也會為他感到驕傲。

想起刺魏大計，呂擎卻不禁憂心忡忡。

曹極之野心，豈是大漢主和派所能估算？曹魏不顧先前與大漢之和約，藉故屢屢南下侵犯，四年之長，已使曹魏步步摧殘大漢城池，直逼金都。

「大將軍，大將軍急報！」來人急如星火，不待呂擎應允已推門入內。

只見一名神風衛滿頭汗血，髒汙狼狽地單膝跪地。

「曹將董銜率十五萬大軍侵犯金都，金都失守，聖上及太子由神風衛護送至陵安城，但皇后及七名皇子均落入賊手，魏軍更火燒金都，生靈塗炭。」未能守衛好皇城，渾身是傷的神風衛羞愧哽咽。

呂擎朝天一嘯，俯下頭的嘴角竟溢出鮮血。

國辱之痛，椎心刺骨。

「師父！師父保重！」孫磊連忙前去攙扶，卻被呂擎一把推開。呂擎轉身，取下牆上虎頭軍刀，丟向孫磊。

孫磊揚手，一把接下虎頭軍刀。

「即日刺魏。」大漢危急存亡之秋，呂擎顧不得宇文劫是否已隨曹齊前往北境，曹極再多活一日，大漢隨時都有傾覆之虞。

「是！」孫磊也單膝跪地，四年苦練，終於要畢其功於一役，「不殺曹賊誓不歸！」

前來急報之神風衛先快馬返回陵安城，要即時向薛九京回報呂擎刺魏之令：三日之內，集結大漢最強精銳，直驅帝京。

在孫磊動身前往與薛九京會合之前，呂擎取回了虎頭軍刀。

「師父，這……？」孫磊不解呂擎用意。

只見呂擎右手緊握刀柄，朝前一指。

「磊兒，見清楚了。破軍終式——」

呂擎突迴身後砍，改以雙手持刀。

——「**絕梟**」

孫磊睜大了眼，牢牢記下呂擎傳授給他的最終一式。

最後一刀，也絕此一刀。

午後秋風，蕭索初起，輕撫密林如笛。

呂擎站在門外，送走孫磊，送走大漢最後一批英勇的將士。

過往他總是身先士卒，奮勇突前，如今他只能在荒郊野屋，引頸期盼大漢捷報。

但此次大漢存亡一役，實是十死無生。

孫磊雖已成將才，刀法凶悍犀利，然曹賊火燒金都，神風衛元氣大傷，且曹齊尚未北上，宇文劫仍然坐鎮帝京，又毫無狼人音訊，神風衛及孫磊力單勢薄，如何能刺殺曹賊？

雖是毫無勝算之戰，但豈能不戰？

大漢最後一搏，只求蒼天護佑大漢。如蒼天不仁，呂擎也絕不苟活。

見著孫磊策馬身影漸行漸遠，呂擎瞇起了眼。他從不落淚，但心中清楚不論勝敗，孫磊都回不來了，師徒情同父子的四年，也不復返。

孫磊快馬加鞭，急於趕到陵安城與薛九京會合。

當他習得呂擎所傳授的最後一刀，更加明白了自己對於刺魏的重要性。

他一路奔馳在山間野徑，途經的村民卻攫住他的目光。

他連忙勒馬，神風衛豢養的駿馬前足離地嘶鳴，劃破林間寂靜，也讓兩名蹲在一旁採集草藥的村民聞聲抬起了頭。

見到馬背上的孫磊，其中一名高瘦的村民連忙又低下頭。

雖然他戴著斗笠，但僅此一眼，便足以讓孫磊認出他就是當年逃跑的狼人。

孫磊下馬，走向他。

「是你？」孫磊聽到自己巨大的心跳聲，難以相信竟會在此時此地與他重逢——天佑大漢，刺魏也許能成！

那名村民仍然低垂著頭並未答話，一旁白髮蒼蒼的老漢向孫磊拱了拱手，「這位公子，你可是認識咱們家好田？」

「爹！」黃好田輕喝一聲，拉著老漢的手就往後跑。

突然一陣風過，他們兩旁的樹木竟應聲而斷，黃好田的斗笠也被削去一塊完整的切口，露出他顯眼的金髮——再往下幾分，他的腦袋就只剩下一半。

孫磊將虎頭軍刀收回背後刀鞘，此時他就算不用刀，恐懼也足以令黃好田止步。

「我讓你回家道別交代，但你得馬上跟我走。」

看著老漢及黃好田驚慌的面孔，孫磊冷酷地下了命令。

他自是知道習武之人不能恃強欺弱，但國難當頭，也顧不了這麼多。

黃好田沉默良久，才臉色灰暗地點了點頭，扶著老漢轉身而行。

孫磊牽著馬，隨黃好田及老漢回到黃家村，純樸的村民哪裡見過帶刀騎馬的人物，側目議論紛紛。

黃好田居住在一座簡陋的土牆茅屋，一名二、三歲的男娃兒蹦蹦跳跳走了出來，抱著他的大腿喊：「爹、爹。」

男娃兒還不太會說話，只會牙牙學語喊著爹爹，更不知道黃好田後頭還跟著來意不善的孫磊。

綠兒也走了出來，見到此番光景，不禁傻了。

「我讓你們講幾句話，你必須馬上跟我走。」孫磊別過了頭，不想對應到他們弱小無助的眼神，「事情非常急迫，辦完事就讓你回來。」

孫磊最後一句說得頗為心虛，事實上包含他在內，所有參與刺魏之人都不應該奢望能活著回來。

孫磊轉過了身，留給黃好田一家告別的時刻。他聽到許多哭聲，女人、孩童、老漢、黃好田……然後又聽到他們不想分離的悲鳴，字字扎心。

「我……」黃好田哽咽著，鼓起勇氣走向孫磊，「我曾經放過你。」然後未出鞘的虎頭軍刀卻突然抵住他的喉嚨。

惹得黃西哭嚎得更加大聲。

只見孫磊紅著眼睛瞪著黃好田，「你放過我？好，你放過了我，但你放過我爹，放過我郭叔叔了嗎？你有放過鏢局的那些叔叔伯伯嗎？」

黃好田喉頭一鬆，孫磊已是拔刀出鞘，指著綠兒滿是涕淚的小臉。

「今日我可以放過你，但我也不必放過你的妻兒吧？」

為了刺魏，為了孫震，為了震遠鏢局幾十條性命，孫磊已是鐵石心腸。

他心知肚明，自己同情別人，誰又來同情他呢？

黃好田愣在當場，一時之間不知如何回應。

孫磊從懷中掏出一張百兩銀票，遞給驚懼又悲痛的綠兒。

「拿去城裡換了，好好照顧孩兒長大。」

百兩之數，足使綠兒母子一生衣食無虞，這是孫磊所能給予的最大同情，卻仍止不住綠兒聲聲呼喚丈夫的訣別泣言。

孫磊與黃好田共乘一馬返回呂擎住處，呂擎見到金髮碧眼的黃好田又驚又喜，直喃喃「天佑大漢、天佑大漢」，刺魏終見轉機，立即命薛九京前來商議。

將近午夜，薛九京與神風衛若干將領快馬趕達，見到黃好田無不喜出望外，一掃金都被焚、國之將亡的陰霾，眾人依呂擎號令行事：七日之後，中秋入夜刺魏。

黃好田身不由己，他對於眾人的計謀毫無興趣，逕自倚在窗邊，遙望天上半輪明月，也許待月圓之時，就是與妻兒重聚之日。

月圓變身狼人之前的黃好田不過是尋常農夫，並不需要任何枷鎖戒具，在孫磊等人的眼皮底下，他也是逃無可逃。

孫磊倒了杯酒，遞給黃好田。

「喝了，會讓你好受一些。」

黃好田不發一語，接過來仰頭飲盡，烈酒如火燒喉。

「我欠你一命，一定還你。」孫磊拍拍黃好田的肩膀，「只要刺殺曹賊得手，我拚死也會讓你返鄉。」

醇酒催醉，黃好田只見天上明月似圓未圓，自己的命運也有如池上垂釣，載浮載沉。

五日後，喬裝商旅的薛九京、孫磊、黃好田以及神風衛精銳共二十八人，已悄然抵達帝京左近。

翌日晚上，兩名神風衛刺殺帝京東北門五名禁軍守衛，棄屍帝京郊外十里荒林，引得禁軍少尉率部出城搜索查探，旋遭埋伏之神風衛滅口。

中秋節當日，殘陽如血，薛九京等人換上禁軍服飾裝備，趕在入夜一刻之前，從西南門進入帝京。

薛九京等人雖是著禁軍服飾，仍難以躲過西南門禁軍守衛之盤查，不過薛九京親自拔出腰間烏黑的玄鐵劍，轉瞬之間，無聲無息抹殺十二人脖頸。

此劍名「魚齒」，式稱魚靈劍法，薛九京天縱英才，昔日自長江垂釣數年、觀魚千萬所悟得，而因獨創之故，其劍走偏鋒，以出奇詭譎揚名。

中秋佳節，帝京宮防重在北側皇陵，西南門守衛最是空虛，薛九京等人不問隱匿，只求快速潛入宮中。

卻仍是在宮中華生門前，遇上了宇文劫。

日已落，黑夜將臨，一襲白衣的宇文劫站在晝夜之交，翩翩然有如神鬼。

「幾度殺我禁軍，豈是以為盛魏宮防是紙糊的？」宇文劫冷冷說道，手中銀劍已然出鞘。

他身旁站立上百名禁軍及玄武師，顯然刺魏一事已被全然識破。

薛九京依舊神色泰若，他解下了禁軍裝備，扭扭脖頸。

「你們先去刺殺曹賊，我會會這個朝白族第一高手就去。」

「薛九京？」宇文劫見到他臉上的長疤，不禁動容。

神風衛指揮使與玄武師軍長，兩國最強之武者，始終未蒙一面。

武者心性，恨不得就地一戰。

夜幕已垂，孫磊知道不能再耽擱。

「指揮使，待你來領走曹賊腦袋立功！」孫磊一喝，率眾往反方向的朝天門奔去。

宇文劫身旁的將士卻是紋風不動，肅靜等待宇文劫的號令。

「你們行動已敗，他們進去朝天門，也是在禁軍連弩陣前受死。」宇文劫劍指薛九京，「我敬你是個英雄，願在你死前會你一會。」

薛九京一笑，黑夜已完全籠罩。

朝天門的數十名禁軍抵擋不住神風衛精銳的強攻，城門堪堪被攻破，但孫磊率眾才踏進城內數步，就見到二樓城牆上，成千上百的禁軍連弩手已團團將他們包圍。

方才被攻破的城門，此時又重重關上，包圍孫磊等人有如困獸。

除了連弩手一旁的火炬之外，四下昏暗無比，孫磊抬頭望天，黑雲密布，不見明月。

「眾將士，誓死保衛黃好田。」孫磊下命，眾人已有必死的決心，二十多人圍成一個圓形，將身著護具的黃好田嚴守在其中。

城上禁軍統領雖不解漢軍用意，但又何妨？他用鼻子悶哼一聲，右手一揮。

箭如雨下，如暴風雨至。

神風衛眾將刀劍舞成盾影，數人卻已是應聲中箭。

連弩陣不待下令，數秒後又是一陣箭雨，再一陣箭雨，更一陣箭雨。

縱是神風衛武功蓋世，又豈能抵擋千萬箭勢的雷霆之怒？

血流成河，還能站在血泊中的神風衛只剩下數人。

「誓死不退！」站在黃好田身旁的孫磊嘶吼，黃好田見到此番殺戮，嚇得臉色慘白，著急張望天上月色。

他不怕死，只怕回不了家。

依舊是一片黑雲的暗沉。

連弩急雨又下。

呂擎站在居處門口，遠眺夜色，面色表情卻越發凝重。

明月不現，刺魏不成。

仰頭只見烏雲密布，呂擎再也支撐不住澎湃的情緒，跪倒在地。

「天佑大漢！天佑大漢！天佑……」

英雄終於落淚，只因為他不甘心老天竟不開眼，刺魏壯舉竟敗在滿天黑雲，忿忿槌打著無言后土。

天若有靈。

此時此刻，起風了。

吹得呂擎蒼老的白髮飛散。

呂擎起身，淚眼看見空中烏雲散去，明月高掛。

宇文劫的銀劍沒有名字，他的招式也沒有名字。

劍只是用來殺人的工具，如何殺人也不重要，只要能把人殺了就好。

宇文劫與薛九京已交手了數百回合，只發生在電光火石的轉瞬間。

然後宇文劫回身，銀劍橫劈。

這招橫劈導致他的上身盡數暴露在薛九京面前，只見「魚齒」刺入宇文劫胸膛，劍沒三分，血濺如花，卻進無可進。

因為薛九京的雙足還留在原地。

他已被宇文劫一招腰斬，失去力道的「魚齒」劍已落地，他的上半身也跟著跌落。

半空之中，他看見自己的雙足依舊站得穩如泰山。

死有如泰山之重。

「吾皇萬歲！大漢萬歲！」他嘶吼，彷彿刺魏在望。

因為他不瞑目的雙眼，也看到了天上的那輪明月。

宇文劫不顧胸口傷勢，蹲下將薛九京的雙眼撫上。

「大漢也有英雄，將他的屍身縫好葬了。」宇文劫正吩咐身旁將士，卻聽見一聲悚然的鳴叫。

——**狼嚎**。

宇文劫渾身寒毛豎起，拿著銀劍急往朝天門奔去。

包含孫磊在內，血泊中最後五名大漢將士，一同見證了這番驚世景象。

滿月光照之下，只見黃好田如獸低鳴，牙齒森白銳利，全身筋肉糾結，高舉雙臂朝天一振，身長陡地暴長，皮膚細孔迸出獸毛，霎時成了一頭雙腳站立，高長九尺的棕毛巨狼，發狂似地朝著圓月嚎叫。

孫磊精神大振，緊握手中虎頭軍刀，朝曹魏皇宮養心殿一指。

「好田，宰了曹賊，我帶你回家。」

黃好田惡狠狠地瞪了孫磊一眼，想起家中妻小恐怕還在漢軍掌握之中，也只能隨著孫磊指示躍上城牆。

禁軍雖職守天下第一皇城，見識非尋常軍士可比，卻何嘗見過此種魔物？禁軍統領還在詫異中，突見凶巨狼人朝自己襲來，連忙大喊：「放箭！放箭！」

連弩瞬時又箭如雨下。

但對狼人而言，也不過是淋了場疼痛的雨點。

黃好田不須像孫磊一樣施展輕功、飛踏城牆。牠旱地拔蔥，一躍就跳上城牆，而鋼箭竟絲毫傷不了狼人堅硬的獸皮，只見黃好田撲向幾百枝箭圍，一爪突出，十來名禁軍已是身首異處。

狼爪摧殘雖是所向披靡，但在孫磊的指揮下，黃好田也不戀戰，轉身奔向養心殿方向，禁軍雖想抵擋卻是無能為力，狼爪之下，人擋殺人，劍擋斷劍。

中驍衛、禁軍、神武軍精銳盡出，槍、刀、劍、弓箭滿天，但圓月之下，狼人有如魔神，殺人數百，非世間凡人所能敵。

宮中警示的鼓鳴、烽火連天。養心殿內尚在批閱奏章的曹極聞聲不禁皺眉，

「何事？」

隨身侍從太監正待出外探查，中驍衛大將已是倉皇奔進。

「啟秉聖上，外……外頭有漢賊刺客，還……還有一頭人形巨狼肆虐，只怕我們抵擋不住，還請聖上暫且避避。」大將說得上氣不接下氣，足見情勢之危急。

「朕乃天子，避……」曹極盛怒，拍案正欲破口大罵，卻見門外擲入一人。只剩半個腦袋的宇文劫被隨手拋進大殿之內，門外一頭雙足站立的巨狼渾身血汙，朝著曹極狂聲怒吼。

曹極與巨狼相距不過二、三十步，饒是曹極征戰沙場多年，勝績無數，自恃古今第一霸皇，見到此等魔物也只能避讓，轉身就往內殿逃竄。

「哪裡跑！」跟在黃好田身旁的孫磊大喝，雙足一蹬，直竄向曹極，但殿上十來名禁軍武士身手非凡，硬是擋下了孫磊迅猛的破軍十式。

刀劍過招幾下，金石聲鳴，曹極已躲入內殿。

剛摘下中驍衛大將頭顱的黃好田隨之奔入，殿內厚重木門還來不及關上就被牠一拳擊爛，幾名驚慌的太監有如豆腐一般破碎舞血，金碧輝煌的盛魏養心殿剎那如同煉獄，狼狽至極的曹極回頭一望，狼爪就近在咫尺，避無可避。

曹極竟從二樓宮牆縱身往下一躍。

圓月高掛，朝天嚎叫的狼人黃好田根本無人可擋。

千秋霸皇竟如螻蟻，無力地掉入樓下蓮花池中。

「死要見屍！」隨後跟上的孫磊喊道，黃好田也一躍而下，站在蓮花池畔嗅聞曹極的蹤影。

遠方突然傳了一陣梵音，彷彿千里之外，又突然近在耳旁。

依稀聽聞有人低吟：

「行雲運雨，九天之上；金爪擒雷，落凡為皇。
龍戰於野，其血玄黃；八荒至尊，遇水不藏。」

池中忽然金光閃現，璀璨光芒有如朝陽，令眾人難以睜眼。

「你這狗賊可以變成狼是吧？」曹極聲音從池中傳來，金光不止，池水鼓動，只見一頭神物從池中騰飛半空。

角似鹿，嘴似牛，身似蛇，爪似鷹，掌似虎，身長數丈，三停九似，竟是一條活脫脫的沖天金龍。

「朕可是真命天龍！」

金龍遍身金麟將皇宮照耀得有如白日，幾已不見月色。狼人黃好田見到龍飛九天，頓失野性，愣愣地仰天朝望金光神龍。

有如神祇，只能屈服，只能膜拜。

「逃！」

孫磊大喊，目睹金龍降世的他雖然驚懼萬分，但仍強定心神，催促黃好田逃命。他明白眼前的狂霸金龍無人可敵，他想起了黃家村那幅分離的情景，想起了黃西不解人事的天真模樣，想起了綠兒憔悴的悲痛神色。

「逃！」孫磊再次大喊，黃好田終於回過神來，轉頭往宮外奔去，疾迅如風。

「狗賊，哪裡逃？」化身金龍的曹極依舊口吐人言，冷笑一聲，正欲揮動金爪，輾壓螻蟻般的抵抗——

施展輕功，踩踏城牆躍起的孫磊已是在牠面前，手裡緊握那把虎頭軍刀。

雙手持刀，孫磊在半空一個迴旋後砍，「破軍終式——」他將全身內力毫無保留的灌注在刀身。

——「**絕梟**」。

在一切爆炸之前，他與呂擎習武的四年彷彿歷歷在目。

孫磊的人生還不到三十年，從初次走鏢遭遇橫變，家破人亡，一直到遇見大漢英雄，傳承他興復重任，親授他手中這把虎頭軍刀，從必死的決心到驚喜遇見黃好田，他們一同闖破朝天門，大殺魏軍有如風行草偃，曹賊的性命就只剩一線之懸。

孫磊望著眼前的金龍，已是無懼無畏。

呂擎授予的破軍終式，其心法只有四個字。

——「**捨身取義**」。

孫磊大吼，轉開軍刀機關，渾強的內力催動刀身藏放的強大火藥，在曹極面前爆裂成一大團火球。

孫磊引火自焚，刀勢卻猶然不止，全身燒灼的他宛如祝融，揮刀指火襲向金龍曹極。

金龍遇火吃痛，怒恨龍嘯。

「區區螢火，不自量力！」

眾人只見空中又是金光又是焰火，霹靂渾沌之間，轉眼竟又見雷光劈出。

轟天雷鳴，大地震動。

被孫磊這一擋，發狂全速逃命的黃好田已然奔出皇城之外，但再快，怎麼快得過雷電？

受到電殛的牠剎那間停止動作，只感覺身體一空，冰冷的死亡穿過，牠抬頭再望天空的明月一眼，月中若隱若現的陰影宛如綠兒與黃西的身影，黃家村，卻是再也回不去了。

最後一聲狼嚎過後，帝京皇城下起了雨。

紛紛夜雨，洗去了漢魏血汙，澄清了整夜的喧囂。

金都也雨。

屋外，呂擎聽聞刺魏失手、無人生還的消息，他只是站在原處，默然閉上雙眼，淋了一夜的雨，無人敢勸。

一年後，曹極再度親率三十萬大軍南下，面上留有凶惡燒疤的他越發凌厲，驍勇威武有如戰神，親睹真命天龍的魏軍更是士氣高昂，無戰不捷，不過數月，陵安城破，漢右相蕭段以身殉國，漢光帝劉奭遭俘，大漢傾覆。

越兩年，天下盡歸盛魏所有，一統九州的曹極登天壇祭神，人身金龍，終順應天命，君臨九五至尊。

雖然早已改朝換代，呂擎依舊隱居在那座荒郊野屋，終生以漢臣自居。

陪伴他的，還有甫滿七歲、金髮碧眼的黃西。

帝京刺魏失手後，呂擎命舊部至黃家村擄來黃西，他認為這股狼性血脈，是中興大漢的最後希望，於是他教導黃西讀聖賢書、修習兵法陣式，更傳授拳腳刀法，期盼他能成為大漢下一代的名將，或者說，下一個呂擎。

因為他知道自己真的老了，復興大漢卻是遙遙無期。

英雄無懼生死，只怕遲暮。

是夜，黃西在屋內點燈夜讀，呂擎推窗，只見明月高掛，一輪滿月有如當年。

「師父，我父親是怎麼樣的人？」聰明伶俐的黃西又問起這個已經問過千百遍的問題。

「你父親，是大漢的大英雄。」呂擎眺望高空圓月，憶起當年刺魏只差一步的壯舉，「你要以你父親為榜樣。你父親未能完成的使命，就由你來達成。」

蒼老的他笑得慈祥，轉身正想撫摸黃西的頭。

卻已不見黃西。

只見一頭比他還高大的棕毛幼狼以雙腳站立，森白獸眼流露寒光。

尖銳齒牙與獸鳴低吼之間，幼狼還是吐出了黃西的言語。

「我娘說，我們不是奴隸。」

雖然年紀幼小，他卻清楚記得離開黃家村的那夜，母親響遍數里的哀鳴。

面對眼前馴養三年卻初次逢面的幼狼，呂擎只感到一陣寒意竄上。

明月高掛，掠過一聲不羈的狼嚎。

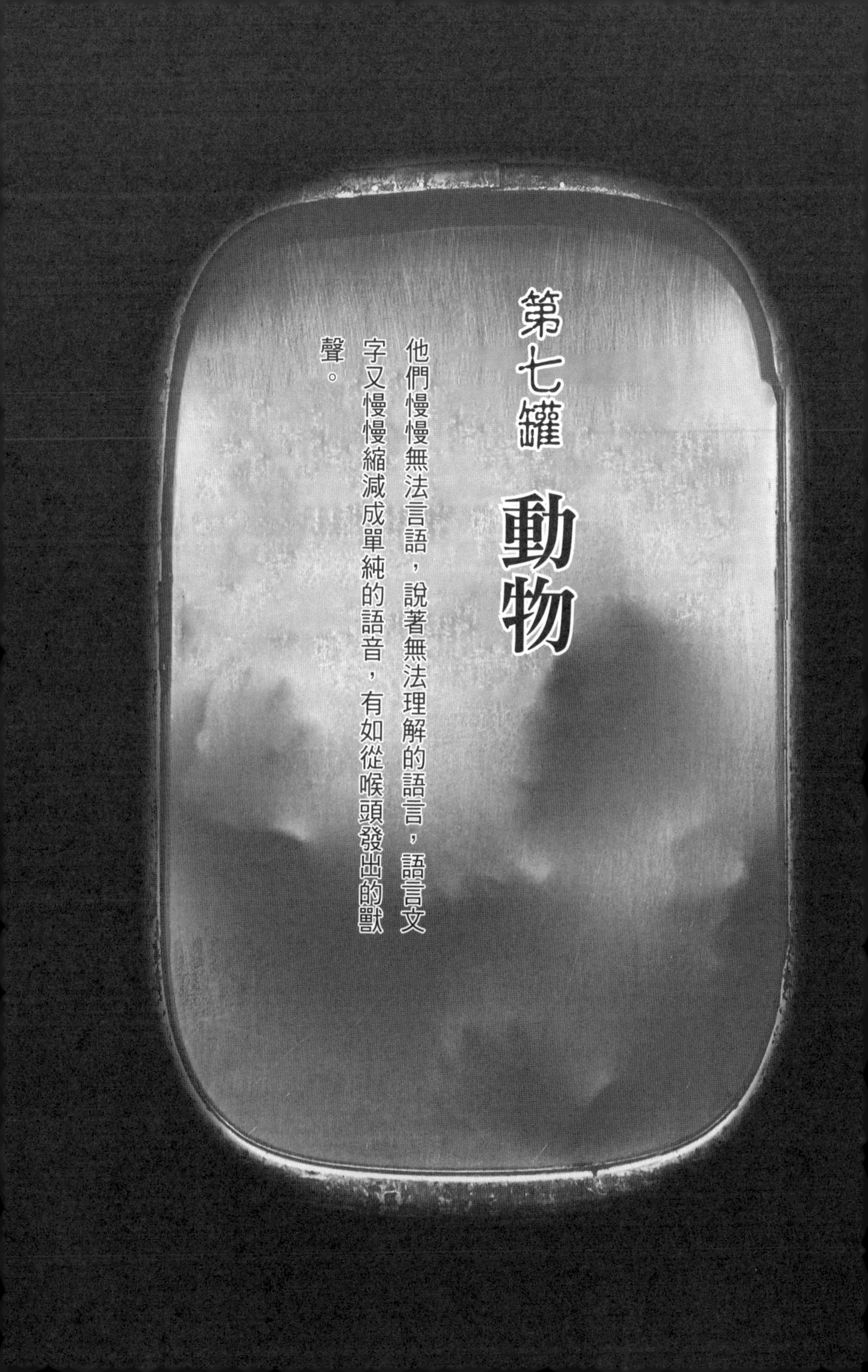

第七罐 動物

他們慢慢無法言語，說著無法理解的語言，語言文字又慢慢縮減成單純的語音，有如從喉頭發出的獸聲。

吳青從廁所裡的破舊窗戶看向天空，他發現無論視線來自於多麼陰暗卑微的角落，都還是能看到那片蔚藍。

一片平和，一片平等的藍。

他坐躺在蹲式馬桶旁的地板上，渾身溼漉漉的。幾分鐘前，上課中突然肚子絞痛、跑進廁所上大號的他，不知道班上最愛帶頭作亂的潘治龍偷偷尾隨在後，從塑膠隔板外倒下一整桶的拖把髒水。

「幫你沖水啦！哇哈哈！不客氣啦！哈哈哈！」等到他惡魔般的嘻笑遠去，吳青才沖掉排泄物，整理好衣服坐在一旁，愣愣地看著天空。

他記得小時候媽媽總是告訴他，功課不好沒關係，不會畫圖也沒關係，跑得比別人慢也不會怎麼樣，但一定要當一個善良的人。

如果每個人都很善良，我們的世界一定會很美好。

吳青那時候還很小，但他一直記得媽媽的叮嚀——雖然長大之後，他很懷疑媽媽說這句話的目的，以及意義。

媽媽絕對是他認識的人當中，最善良的一個人。

但媽媽卻在他十歲那年發生死亡車禍，一輛酒駕的黑色自小客車奪走了她的生命，也奪走了他的童年。

他想念媽媽時，總是喜歡眺望天空。不論是在什麼時候、什麼地方，那片蔚藍總是能夠讓他回到小時候，媽媽常常帶他去的一個小公園，媽媽笑吟吟地看著他東奔西跑，就在那片晴朗蔚藍的天空之下。

「喂！你掉到馬桶裡哦？哇哈哈哈！」吳青一回到教室，潘治龍也不管老師正在上課，指著溼透制服的吳青大笑，班上男同學見到吳青的狼狽模樣，也跟著喧鬧起來。

「安靜！安靜！通通安靜！」國文老師用書本重重拍了拍桌子，「吳青，你上廁所也上太久了吧，怎麼搞得渾身溼答答的，要不要去換一下衣服？」

「老師，沒關係，等等就乾了。」吳青對於班上由潘治龍帶頭的霸凌早已習以為常，面無表情地坐回座位，旁邊的同學嫌惡地挪了挪椅子，拉遠跟他的距離。

高二分班之後，個性內向文靜，喜歡獨來獨往的吳青，遇到了學生生涯最大的麻煩。他也不知道自己到底是哪裡招惹到了班上的風雲人物潘治龍，潘治龍莫名其妙地幫他取了個諧音綽號「文青」，時常咧著嘴對他怪笑，「我覺得你爸媽幫你取了一個好名字耶，你真的像文青，夠假掰！」

從此之後，諸如「文青怎麼可以吃便當？去喝咖啡啊吃什麼排骨？真的難看，來我幫你吃掉！」「文青國文怎麼不及格，你到底是哪一國的文青啊？」「聽說文青都不喜歡穿內褲，真的假的啦？來！我檢查一下。欸！你怎麼穿卡通內褲，喂喂喂，來看哦文青穿卡通內褲！」之類的取笑羞辱，成為了吳青日常的惡夢，無時無刻都在學校每個角落上演。有的同學加入嬉鬧行列，一起捉弄著吳青，有的同學只是冷冷看著，偶爾投射些同情眼光，偶爾卻也跟著忍俊不住。

吳青最早先是笑嘻嘻地想要用玩笑口吻打哈哈帶過，後來實在忍無可忍，暴怒對潘治龍吼了幾句，但他最後才發現，自己不論是如何的情緒反應，都將成為潘治龍他們眼中的笑料。他就像馬戲團中囚禁的大象，是生是死，是喜是悲，觀眾根本毫不在意，只想從他身上多挖掘一些歡樂。

所以他學會了淡然，學會了面無表情，只希望剩下一半的高中生涯能快點結束，好徹底脫離這場醒不來的夢魘。

放學後，避免被潘治龍找麻煩的吳青，總是第一個衝到車棚騎腳踏車離開學校。他還必須在學校附近的小路繞圈，確認潘治龍沒有跟蹤他之後，才敢真正騎往回家的方向。

不過最近幾天，吳青在回家之前，會先騎車繞到附近的小公園。那個小時候媽媽常常帶他去玩耍的公園已十幾年了，溜滑梯、搖搖馬、蹺蹺板都還在，只是老了許多，看起來也比記憶中小了許多，有些事情是說什麼都回不去了。

但吳青並不是特地到公園懷舊，而是去找公園角落最近來的一隻棕黃色流浪台灣土狗，牠身上有斑斑點點紫紅色的皮膚病，憨憨的臉上常常張著嘴流口水，說實話真的長得好醜。

吳青幫牠取了一個名字：「漂漂」，他希望牠能夠對自己有點自信，認為自己總是漂漂亮亮的，每一天都要過得開開心心。

他對漂漂的期許，其實就像在對自己喊話。

「來，漂漂，吃晚餐了！」吳青從書包拿出一個狗罐頭，漂漂搖著尾巴興奮地朝他跑來。

吳青看漂漂吃得津津有味，也就覺得自己餓著肚子省下的午餐錢很值得（反正買午餐也只是被潘治龍吃掉），原來自己也有照顧別「人」的能力。

「你這樣餵食流浪狗，其實不太好。」一個女生的聲音傳來。吳青轉頭，看見一個嬌小的女孩子，穿著跟他一樣的制服，大大的眼睛讓吳青不太敢直視。

吳青認得她，她是二年十三班的楊可瑜，每個上課日的早晨七點左右，她常常會出現在巷口那家早餐店。她亮麗的外表吸引他注意很久了，他知道她最愛的早餐是玉米蛋餅，一個禮拜有三天都是點玉米蛋餅加番茄醬。

「是嗎？但是牠肚子看起來很餓。」吳青指了指三、兩下就快被漂漂清空的罐頭。

「但是你餵完了這一餐，下一餐呢？你能夠每一餐都餵牠嗎？」楊可瑜將長髮撥到小巧的耳後，蹲了下來，輕輕撫摸著漂漂的背，絲毫不害怕牠身上的皮膚病，「而且牠一直在這附近徘徊不走，周遭住戶可能也會覺得困擾。」

吳青沒有接話，他其實沒有幫漂漂想過以後的問題。

「你好像有幫牠取名字？」楊可瑜突然轉頭問。

「牠叫漂漂，漂漂亮亮的漂漂。」吳青點頭，暗暗詫異她的溫柔與細心。

「好棒的名字。」楊可瑜微笑，「漂漂乖，你知道自己很漂亮嗎？可惜我家社區大樓不能養狗，你家呢？」

「我爸知道我養狗一定會打死我的，絕對不行。」吳青連忙搖頭，這句話可不是誇飾推託之詞，他酗酒的老爸發起酒瘋來六親不認。

「好吧，我知道有一個流浪狗協會可以幫忙，我有朋友在那邊當志工，我會再跟他聯繫看看。」楊可瑜起身，又摸了摸漂漂的頭，「你是個善良的人。」

「謝……謝謝。」楊可瑜突如其來的稱讚，讓吳青有點手足無措。

「哈，你是不是臉紅了？我叫楊可瑜，二年十三班。」她大方地伸出手。

「我叫吳青，二年七班。」他鼓起勇氣握住了她的手，好軟好溫熱。

「吳青？聽起來好像文青。」她嘻嘻一笑，向吳青揮揮手，「我要先去補習班了，有空再過來看漂漂，掰掰！」

「掰掰！」聽到「文青」關鍵字的吳青，只能苦笑揮手。

夕陽西下，把兩個人離別的身影拉得斜長。

隔天早上七點，揹著書包的吳青在巷口早餐店吃著鐵板麵。

「早！」吳青抬頭一看，楊可瑜在他對面坐下。

「早。」有點驚喜的吳青覺得心跳加快，眼前的她真的好漂亮，像是喚醒早晨的天使。

「下禮拜要段考了，好煩啊！」楊可瑜等待玉米蛋餅上桌的時間，拿出了英文單字本翻閱。

吳青也不打擾她，他常常在榮譽榜上看到校排名名列前茅的楊可瑜，怎麼會有這麼漂亮又會讀書的女孩呢？

「文青，我吃不完了，你可以幫忙嗎？」楊可瑜的盤子裡還剩下兩、三塊沾過番茄醬的玉米蛋餅。

「哦，好啊。」吳青點點頭，這是他這輩子第一次被叫「文青」卻感到開心。

「謝謝，那我先走囉，掰掰！」楊可瑜微笑揮手。

吳青只覺得自己擁有一個最美好的早晨，如獲至寶地一口口咬下楊可瑜剩下的玉米蛋餅。

「嗯，好吃。」吳青忍不住偷笑起來，他好久沒有穿著制服笑了。

但後來幾天，吳青放學後在公園裡都等不到楊可瑜，夕陽下只有他跟漂漂孤單的影子。

「可能是要準備段考了，比較忙吧。」吳青心想，摸了摸正低頭忙著吃罐頭的漂漂。

段考前一天的放學後，騎著腳踏車的吳青看到了楊可瑜，在學校附近有點昏暗的小巷子，恰好經過的吳青看到穿著制服的她，跟一名同樣穿著學校制服的高大男生在裡頭擁吻。

一瞬間，吳青只覺得自己的心跳突然停住。

尤其當他發現那個男生就是潘治龍的時候。

基於各種複雜的因素，他不敢再多停留一秒，正要騎腳踏車調頭離開，卻不小心一個踉蹌，連人帶車跌倒在地。

狼狽的聲響讓那兩人停下擁吻，沒意識到有人在旁的楊可瑜泛紅著臉輕摀嘴巴，潘治龍則連忙朝吳青衝了過來。

吳青原本以為他又要火上加油，可能會再踹他幾腳之類的，但潘治龍卻一把扶起了他，再蹲下幫他撿拾書包散落的物品。

「文青，騎車小心一點啊！」潘治龍拍了拍吳青肩膀，彷彿他們是感情不錯的熟識朋友。

「你的外號真的叫文青哦？」楊可瑜也過來關心，好奇潘治龍對吳青的稱呼。

「對啊，這我們班的真文青啦！欸，你們認識哦？」潘治龍牽著楊可瑜的手問。

「有啊，之前我們在公園碰到過，文青人很好，他有幫助一隻很可憐的流浪狗。」楊可瑜微笑，站在高大的潘治龍旁，顯得有些小鳥依人。

「嗯嗯，沒事，我先走了！」吳青面無表情，雖然沒有任何人打他、罵他或取笑他，但此時此刻，他卻覺得比平常所有霸凌的總和還要難堪。

「欸！路上小心哦！」潘治龍向他揮了揮手，吳青卻頭也不回地騎車離開。因為他的眼淚已經不聽使喚地掉了下來。

昨天的意外插曲彷彿是一場夢，隔天吳青進到教室後，潘治龍還是那個潘治龍。他在考試前偷偷換掉了吳青筆袋的筆，等到考卷發下來後，吳青才發現筆袋裡都是紅筆，只好舉手向老師借筆。

「哇哈哈哈哈！用老師的筆會考一百分哦！真的棒！」潘治龍逗得全班哄堂大笑。

吳青面無表情面對著同學的笑聲，面對著老師嫌惡的表情，面對著這個對他何其具有敵意的世界。

放學後，吳青在教室門口被潘治龍叫住。

「喂！文青！」吳青回頭。

只見潘治龍騎著一輛空氣腳踏車，在三、五個同學面前模仿他昨天摔車的狼狽模樣。

吳青轉頭走了，離開背後永無止盡的嘲笑聲。

再過幾天，吳青在公園遇到了楊可瑜，她一個人輕輕地走來，蹲下來輕輕摸著漂漂。

「我朋友那邊說沒問題，下禮拜就會來帶漂漂過去協會那邊安置。」楊可瑜說著，原來她一直把這件事放在心上。

「嗯。」吳青點點頭，但他其實不敢想像如果連漂漂都走了，那他的世界還剩下什麼。

「你看起來心情不太好？」楊可瑜看著面無表情的吳青問。

「沒有啦，段考考差了。」習慣藏匿心情的吳青，隨便找個理由搪塞過去。

「沒關係啦，我也考不好啊，數學有一大題我連題目都看錯，真的爆炸慘烈。」楊可瑜吐吐舌頭，「繼續加油就好！」

「嗯。」吳青還是點點頭，他覺得她可能不知道，世界上有些人不是努力就能成功，有些事情也不是努力就會有結果。

「那我先去補習囉！」楊可瑜起身，揮揮手準備離去。

情緒湧上的吳青卻忍不住叫住了她，從書包拿出那張被猶豫的他揉了再揉，摺了再摺的紙條，終於還是交給了她。

「這是……？」楊可瑜困惑。

吳青騎上腳踏車，飛快離開。

隔天放學後，吳青在公園和吃完罐頭的漂漂一起等她，今天在早餐店沒有看到楊可瑜，吳青覺得她應該會來這裡找他。

但他們等到的卻是潘治龍。

潘治龍將腳踏車停在一旁，從口袋拿出那張皺巴巴的紙條，上頭吳青整齊清秀的字寫著：

「可瑜：妳是個善良又漂亮的女孩，我很高興妳找到妳的幸福。潘治龍的功課不錯，體育更是傑出，但他的待人處事可能還要再改進，說出來也不怕妳笑，從高二開始，我幾乎天天都被他霸凌，各種妳想不到的惡作劇、嘲笑辱罵，我都被他整過，妳可以隨便問七班的任何一個同學，都能幫我證明這件事。我不知道我自己到底做錯什麼才會被他這樣對待，但這是我和他之間的事情，如果他真的對妳很好，未來也會一直對妳很好的話，也就無所謂了。這封信沒有什麼用意，我只是想提醒妳而已，謝謝。文青」

潘治龍把紙條遞給了吳青，滿臉歉意地說：「可瑜要我來跟你道歉。」

吳青愣住了，他沒想到事情會是這樣的發展，更不相信個性狂放的潘治龍竟然會願意低頭道歉，看來他真的很喜歡楊可瑜，才會……

潘治龍突然近距離狠揍了吳青肚子一拳。

然後再一拳，又一拳。

「幹你娘咧！道歉？我操！」潘治龍抓狂似地毆打吳青，瘦弱的吳青根本毫無還手之力，只能縮起身子不斷閃避。

「你想上我馬子就說啊，基基歪歪在背後捅我，算什麼洨啊！」潘治龍邊罵邊打，活像頭失控的野獸，「我他媽告訴你，我沒在怕分手，楊可瑜這種貨色，我要追幾個就有幾個！」

吳青已經被打得跪倒在地，焦急的漂漂一直撲向潘治龍，卻被潘治龍一腳踹飛，「如果我真的跟她分手了，我他媽一定弄死你！」

潘治龍從地上撿起一個石塊砸向吳青的臉，正中他的額頭，鮮血汩汩流了滿臉。

「幹！你有種就試試看！」潘治龍朝他吐了口口水，騎上腳踏車離開。

夕陽西下，滿身傷痕的吳青躺在自己的影子上，覺得自己活得就像影子，永遠黑暗而無力。

吳青獨自在公園廁所清洗傷口，等他穿好髒汙的制服、回到家中已是七點多，平常這個時候，他爸爸吳世發應該還在外頭應酬，但今天卻偏偏在家，而且也不是倒頭大睡。只見他坐在客廳沙發，桌上擺滿了空啤酒瓶，電視播放著棒球比賽。

媽媽突然過世後，受不了打擊的爸爸，這些年都是靠酒精麻痺自己、撐了過來，扛下這個家庭，獨自拉拔吳青長大。但酒精可怕的副作用就是瘋言瘋語、口不擇言，甚至當他心情不好時，還會對吳青動手施暴。一個家庭一旦摻入了酒精，也就四分五裂地不再像一個家。

「吳青，你野去哪裡了？怎麼這麼晚才回家？」吳世發放下酒杯，大舌頭的酒醉聲音響起。

「沒有。」吳青匆忙上樓，遮掩著臉上的瘀傷。

「你給我站住！」吳世發大吼。他挺了個啤酒肚站起來，搖搖晃晃走到吳青面前，粗魯地抓起他的下巴。

「你是怎樣？」吳世發看著他臉上的傷勢瞪大醉眼，怒氣隨時都要爆發，「這傷是怎樣啦？你他媽是去讀書還是去打架？」

吳青別過頭去，倔強地依舊不發一語。

「不講話是吧？不講話很屌是吧？」吳世發一巴掌朝吳青打了下去，「老子辛辛苦苦賺錢讓你讀書是讀去哪裡了？讀去跟人家打架？你再不說話啊！」

又是一巴掌揮下，臉頰還火辣的吳青卻重重推了開他。

「幹！」吳青狂吼，一腳踹翻了桌上的啤酒瓶，玻璃在客廳碎了一地，他頭也不回地往外奔去。這個爛家，他再也不想回來了。

無家可歸、無處可去的吳青來到了公園。雖然他已經沒有罐頭了，漂漂依舊開心地搖著尾巴，走過來依偎在他的腳旁。

吳青坐在涼椅上，看著天空黑濛濛的，今晚沒有月亮。

越靠近半夜，外頭的天氣越冷，不論是身體或心理都很疲累的吳青，開始想睡了。他將漂漂也抱到涼椅上，抱著牠溫熱的身軀互相取暖。

牠是流浪狗，他也是流浪的人，彼此是不是一定要站在平等的地位上才能夠互相尊重？

他睡著了。

世界上每一個人都一樣，不論你是總統，是明星，是囚犯，還是流浪漢，不論你擁有多大的權力還是財富，又或者根本一無所有，你終究還是得睡覺。而在夢裡，每個人都一樣，都是自己夢境的主人。

吳青醒來時，清晨的公園人煙稀少，漂漂也和他一起醒了。但他發現自己似乎得了重感冒，全身發熱、昏沉沉的。他倒了書包裡的礦泉水給漂漂喝一些，剩下的一口飲盡，身體卻依然強烈不適，於是他想到了那條街上的老診所。

他記得小時候有一天晚上爸爸在加班，他卻突然高燒不止，焦急的媽媽連忙用揹巾揹著他，騎機車到當時附近唯一的診所求救。那個禿頭的謝醫師總是笑瞇瞇的，他先要媽媽別緊張，給吳青喝下一杯紅色的甜藥水後，慢慢出汗的吳青也漸漸退燒，而媽媽緊摟著他，滿是不捨。

在媽媽過世之前，每次吳青感冒，媽媽總是會帶他去那間診所，而媽媽過世之後，忙碌的吳世發沒有空帶吳青去就醫，好幾次都是小小年紀的吳青自己帶著健保卡去診所，還好謝醫師認得他，總是親切地招呼、關心他。

八點半診所開門，近來生意欠佳的診所，吳青是第一位病人。

「感冒啦，有點發燒。」上了年紀的謝醫師搔了搔光禿的頭頂，「我開點藥給你。欸，你的傷怎麼來的？被人打了？」

「嗯嗯。」吳青點點頭。

「你的個性我知道，就是太善良，有時候才會被人欺負。」謝醫師一邊幫吳青擦藥，一邊聊起過往，「你還記得小時候，你還在讀幼稚園的時候，有一次你阻止班上小男生們欺負一個小女生，結果被一個調皮鬼推倒嗎？」

吳青點點頭，往事也跟著湧上心頭。

「那時雖然你受傷了，但你媽媽好高興喔，一直跟我說她的兒子好棒，很勇敢，很善良。」謝醫師微笑，當時情景彷彿歷歷在目，「那時候我也像現在這樣幫你擦藥。只可惜你媽媽不在了，她也是一個好人。」

「謝謝醫生。」吳青想起謝醫師提起的過往，心裡暖暖的，身上的病痛彷彿也跟著減輕許多。

「沒事的，我覺得我們真的很有緣分，你今天這麼剛好又來找我，我想是上天的安排。」謝醫師笑笑的，說的話卻讓吳青有些摸不著頭緒，「今天就別去上課了吧，吃完我開的藥會有點想睡覺，感冒就好好在家裡休息，睡一覺起來，可能會有好事情發生哦！」

謝醫師的笑容有點神祕，卻是一種溫暖友善的神祕。畢竟在這個充滿敵意的世界裡，真正關心吳青的人也沒有幾個了。

不管前一晚喝得多醉，工作忙碌的吳世發白天一定會準時去上班，吳青也才能安全地回到家中，走回自己的房間，鎖上門。洗完澡、吃完藥的他躺在床上，一股強大的倦意突然襲來，一個呵欠之後，他已沉沉睡去。

吳青從來沒有進入過如此奇怪的夢境：夢裡頭出現了許多熟識的人，他們一如往常的生活，上班、上課或者放假休息，但有人卻開始咳嗽，嚴重而難以抑制的咳嗽，然後咳嗽開始傳染，於是咳嗽的人越來越多，除了咳嗽之外，他們慢慢無法言語，說著無法理解的語言，語言文字又慢慢縮減成單純的語音，有如從喉頭發出的獸聲，再來他們漸漸無法站立，一個個蹲下了身子，雙手雙腳著地，像狗一樣地爬行前進，一雙雙眼睛都失去了生而為人的光采，黑灰地像是無法認清這個彩色的世界。

然後他醒來了。

四下一片漆黑，他不知道自己到底睡了多久，起身打開房間電燈，牆上的指針顯示著晚上七點多，屋外卻是異常安靜。吳青不禁錯愕自己竟然睡了快十個小時。

他感到肚子有點餓，換上外出服打算騎腳踏車出門覓食，卻在門口遇到了吳世發。

吳青不敢置信會在門口遇見他。

應該說，遇見「這樣的」吳世發。

只見吳世發雙手雙腳著地，蹲在家門口。看到吳青，他卻只是呆呆地吐著舌頭，模樣像極了巨大的人型鬥牛犬。

「爸，你幹嘛啦？」吳青發現自己全身在顫抖，完全無法適應眼前誇張的荒謬。

吳世發像是完全聽不懂他的話，自顧自地走到門外的電線桿，舉起右腳像小狗一般撒尿，當然褲子沒脫的他尿了自己一身。

吳青這個時候才注意到，路上也有好幾個這種模樣的「人」，他們用雙手雙腳在附近爬來爬去，偶爾在彼此身上嗅嗅聞聞，偶爾向對方吠了幾聲——用幾乎不像人聲的人聲。

吳青想起來了剛剛那個極端怪異的夢，難道他們真的都被傳染了什麼無法解釋的詭異病毒？這種病毒會讓他們失去言語、失去智慧，退化成像貓狗一樣的……「動物」？

吳青想要確認這個世界是不是真的變得如此荒謬，於是他先將吳世發「趕」回了家中，倒了一地板的餅乾給他。只見吳世發低頭吃得津津有味，雖然平日吳世發酗酒發瘋時，吳青總恨不得自己不是他的小孩，但看到父親變成這種怪異模樣，還是忍不住心中的悲傷。

他摸了摸父親稀疏的頭髮，「爸，你慢慢吃，我等等就回來。」

他騎著腳踏車，一路上卻再也沒有看到用雙腳行走的「人」，取而代之的，都是一隻隻雙手雙腳著地，模樣活像貓狗的「貓狗人」。整座城市似乎都停擺了下來，沒有警察，沒有店員，路上沒有車子，除了路燈之外，屋內的電燈也大多沒有開啟。吳青在巷口停了下來，環視眼前有如異世界的場景，深深懷疑自己還在夢裡沒有醒來。

他第一個想要關心安危的人是楊可瑜。騎著腳踏車想趕到學校查看的他突然心念一動，在學校前方的路口轉了彎。他走進學校附近的派出所，裡頭空無一人，警察不知去向。他從值班台找到了槍櫃的鑰匙，取出一把漆黑的90手槍，他用手機上網尋找裝填子彈、使用90手槍的教學影片，看了幾分鐘後，他成功對著門口玻璃門開了一槍，玻璃哐啷啷碎了一地。

煙硝味未散，他卻泛起了詭異的笑容。

——如果這個世界只剩下他一個「人類」的話，這個世界還有法律嗎？這個世界還有「人」能夠欺負他嗎？還是所有「人」都要任他手中的這把槍宰割呢？

吳青想起了謝醫師神祕的笑容，以及那段意義不明的話語。

現在回想起來，意義卻是再清楚不過了。

謝醫師讓他吃下了那些藥，可能就是對抗不明退化病毒的解藥，所以才會只有他一人沒有中毒，還可以維持人類的驕傲姿態。

「醫生，謝謝你，好事情真的發生了。」

吳青也不再騎腳踏車了，他發動派出所前的警用摩托車，大搖大擺地騎上馬路，還囂張地按下警示燈及警笛，引來許多「貓狗人」的注意，紛紛發出此起彼落、意義不明的獸音。

吳青走進一片漆黑的教學大樓，打開走廊的電燈，只見幾個老師跟同學都成了「貓狗人」，成群結隊用四足爬行在走廊上，看著站立的吳青，顯得有些防備。

吳青認出後方一隻壯碩的「貓狗人」，那是潘治龍。

他對空開了一槍，受到驚嚇的「貓狗人」紛紛散去，只剩下潘治龍被他逼到角落。

「龍哥，晚餐吃了沒？」自言自語的吳青笑了。他摸了摸額頭上的傷口，昨天的痛楚未消，一股怒氣湧上來，他狠狠地踹了潘治龍一腳。

吃痛的潘治龍目露凶光，張嘴就要朝吳青咬來，腿上卻先被吳青射了一槍，痛得倒地哀嚎。

看著他腿上的鮮血迸發，吳青突然想起來了，小時候媽媽是在什麼樣的場合，告訴他要當一個善良的人。

那時候吳青還很小，調皮的他在田邊草叢找到了好幾隻蝸牛，他將移動緩慢的牠們排成一列，然後拿起紅色磚頭，重重地朝牠們砸下，讓牠們成了一團團失去生命的肉塊。

目睹這個場景的媽媽流了淚，溫柔地阻止了吳青，悲傷而沉重地告誡他，一定要當一個善良的人。

「媽，但妳知道嗎？善良的人真的活得好辛苦啊！」吳青仰天長嘆，然後轉身又對潘治龍開了一槍。

這槍不偏不倚地打在他的下體，血肉濺得一塌糊塗，潘治龍更是痛得直接暈死過去。

復仇的快感徹底支配了吳青，他將槍口抵著潘治龍的頭，已經準備好要一槍結束掉這頭惡魔的生命。

「一定要當一個善良的人。」

「你真善良。」

兩個對吳青來說最重要的女人，媽媽和楊可瑜，她們的聲音突然在他腦海中響起，緩緩讓他放下手中的槍。

於是他的槍口離開了潘治龍的腦袋，就像當時的磚頭離開了那群待宰的蝸牛，何其弱小的潘治龍，虛弱地在血泊中起伏著倖存的呼吸。

吳青繼續往教室方向走，沿路上「貓狗人」看到持槍染血的他，紛紛閃避，除了朝他輕輕走來的她以外。

一樣用雙手雙腳行走的楊可瑜走近了吳青的腳邊。她彷彿認得他，靜靜地依偎在他腳旁，這模樣讓他想起了漂漂。

——不過漂漂不用擔心，感謝上帝，讓這個世界每個人都變成跟你一樣了，再也不用害怕有人欺負你了！

吳青蹲下身子，輕輕牽起楊可瑜的手，一樣溫溫軟軟的手，她仰頭看著他，眼神雖然有些黯淡，但依舊迷人。

於是吳青低頭吻了她。

月光從走廊外灑了進來，不論是這一個長吻，或者是他們以外的世界，彷彿都被月光描繪成另一個星球的事物。

吳青不忍心看著楊可瑜在地上爬行，抱起了她，走向停在外頭的那輛警用機車，讓她趴在自己身上，一同騎車離開了學校。

吳青騎著警用機車四處亂繞，馬路上除了偶爾亂闖的「貓狗人」外，沒有其他車輛，紅綠燈也就成了裝飾品，他們迎著風穿梭在各個路口。吳青在一間有庭院造景、大門半掩的豪宅外停下機車，抱起楊可瑜走了進去。

只有一個「人」行走在沒有法律的世界，竟然是如此的自由自在。

裡頭有兩個中年男女變成的「貓狗人」，穿著紊亂的襯衫洋裝在裡頭爬來爬去。他們見到闖入的吳青兩人，生氣地怪聲吠了起來，吳青只冷冷地對空開了一槍，就讓兩隻「貓狗人」嚇得落荒而逃。吳青聳聳肩，關上大門，溫柔地將楊可瑜放在皮質沙發上，但楊可瑜馬上就興奮地跳下沙發，在屋內好奇地東奔西跑，吳青也只能搖搖頭苦笑。

吳青為自己倒了點櫥櫃上的紅酒，為楊可瑜倒了一盤冰箱的鮮奶。楊可瑜開心地趴在地上舔了起來，喝得太急的她不小心打翻了，弄得全身都沾到鮮奶，卻只是看著空盤傻呼呼地微笑。

「妳衣服都溼了，我幫妳換一下好嗎？」吳青放下已空的高腳杯，酒精的催化讓他的腳步輕浮浮的。也不知道是微醺的醉意，還是他想到自己這句話所指述的內容，滿臉通紅的吳青輕輕抱起了楊可瑜，走向二樓的主臥室。

衣櫃裡的蕾絲睡衣對於楊可瑜來說雖然太過老氣，但至少尺寸還算合身。

「這件好嗎？材質摸起來很軟？」吳青試圖徵詢楊可瑜的意見，而她只是不明所以地側著頭傻笑。

「來，那我們先洗個澡吧！」吳青覺得自己從耳根子開始發燙，他將楊可瑜放在白瓷的浴缸內，小心翼翼地解開她制服的鈕釦，像個拆封聖誕禮物的小男孩。他的動作是如此緩慢、顫抖，楊可瑜的大眼睛眨呀眨的，沒有同意也沒有拒絕，根本無法理解在吳青面前赤裸的意義。

吳青感到口乾舌燥，吞了吞口水，卻壓抑不住酒精的猖狂及內心最原始的慾望。他深深看了楊可瑜一眼，她卻突然用鼻尖磨了他的鼻子一下，裸露的香氣忽地襲向吳青，吳青腦中最後的保險絲隨之融解。他張開手，焦急而貪婪地擁抱那股妖邪的氣息，兩個人體內的青春不斷膨脹而躁動，在狹小的浴缸裡，他們用身體探索對方的身體，此時人類與動物也失去了區別，所有言語都被省略，所有意義都被撫觸所證明。

等到一切都靜止下來，赤裸的他們在浴缸中相擁，楊可瑜已經趴在吳青的胸膛上沉沉睡去。經歷不可思議一天的吳青卻毫無睡意，他一想到自己或許是這個世界上唯一清醒的人，就孤獨得怎麼樣也睡不著。

——**不對，他應該也跟我一樣。**

吳青想到了謝醫師，世界會變成如此奇怪的模樣，一定跟他脫不了關係，而他的藥也一定能夠讓楊可瑜恢復正常，只要她回復成人類就可以了，這樣就是一個完美的世界了……

人的慾望總是無窮無盡，唯一擁有智慧、懂得支配槍枝的吳青，雖然成了眼前世界的主宰，但還是希望楊可瑜能夠跟他一起分享這一切。他不想要當一個寂寞的獨裁者。

「等妳明天吃完藥之後，我們再好好聊聊，好嗎？」吳青對著懷中的楊可瑜自言自語，楊可瑜像是做了個好夢般甜甜一笑。

翌日早晨，巷口那家早餐店當然沒有營業，吳青騎著警用機車載著楊可瑜到附近的便利商店胡亂吃了微波早餐。街上的貓狗人三三兩兩，有的在翻找垃圾桶裡的垃圾，有的在喝排水溝的髒水，有的還倒在路旁車輪邊呼呼大睡，不論他們身上還穿著昂貴或簡樸的服飾，也不論他們的高矮、美醜或胖瘦，失去智慧的他們人人平等，都用最原始的方式試圖生存下去。吳青坐在便利商店陽光迤邐的落地窗前，看著此情此景，發愣了好一陣子。

他們來到那家老診所，謝醫師彷彿已經等待吳青多時，看到他也不訝異，自顧自地泡著咖啡，濃濃的咖啡香洋溢，象徵生而為人的日常。

「你要來一杯嗎？這個世界還滿意吧？哇，這麼快就收編寵物了啊？蠻可愛的。」端著咖啡杯盤的謝醫師笑瞇瞇的。

「醫生，到底發生了什麼事呢？」吳青焦急地想要得到解答，雖然答案他自己也猜到了七、八成。

楊可瑜則在診所內爬行，好奇地東聞西嗅。

「病毒，我在這個世界散布了一些病毒。」謝醫師搔了搔光禿的頭頂，有如在敘說病人的感冒症狀一樣稀鬆平常，「你不要小看病毒的傳染力，只要一點點原始的種子，透過空氣、水的傳播，很快就可以讓世界變了一個樣子。」

「那我怎麼沒事？」吳青明知故問。

「還記得你昨天早上有過來一趟吧？那些感冒藥裡有病毒的抗體，所以原則上你不會被傳染。」謝醫師啜了口咖啡，享受口鼻內滿溢的香氣。

「所以我讓她吃那些感冒藥的話，她也會復原嗎？」吳青興奮地追問，他沒想到解決問題的方式竟是如此簡單。

「不會，那些是抗體，也就是在你還沒被傳染之前有用，但被傳染之後就沒效了。」謝醫師皺眉，突然懂了吳青來這裡的用意。

「那醫生，你有解藥嗎？你可以幫我治療她嗎？」為了楊可瑜，吳青竟然跪在謝醫師腳邊，焦急的眼淚都被逼了出來，「拜託你，醫生，她是我女朋友……不對，她是我老婆，我真的很想要她復原。」

「唉。」謝醫師長長嘆了一口氣，依舊不置可否。

「醫師，我求求你……求求你……」吳青卑微的乞求，幾乎已是拜倒在地。

「你應該知道，你現在還能用人類的身分跟我說話，已經是非常非常難能可貴的吧？」謝醫師放下咖啡杯，語氣有些冰冷。

「我知道，醫生，但我只求你這一次，救救我太太吧……我真的很愛她……」吳青的哭泣只剩下悲鳴。

謝醫師終於起身，走進診間，打開上鎖的抽屜，拿出一瓶紫紅色的藥水。

「孩子，我告訴你，當初我要散布這些病毒的時候，本來就沒有打算留下任何解藥。這一瓶是唯一的例外，喝完就沒了，世界上再也沒有第二瓶解藥。」謝醫師炯炯銳利的眼神顯得相當慎重，「所以你們都要小心，雖然你有抗體，但也無法抵擋血液的傳染，一旦被那些感染者咬傷，你也會被傳染，到時，連我也救不了你，沒有人可以救你。」

「我知道，我知道，謝謝醫生！真的很感謝您！」接過藥水的吳青感激涕零。

「你是一個善良的人，我相信你愛的人也是。」謝醫師將藥水交給吳青之前，最後跟他說了這句話。

吳青抱起楊可瑜坐在診所的長椅，她像是隻慵懶的貓躺在他懷中撒嬌，再慢慢仰頭喝下了那瓶藥水。她舔了舔嘴唇旁的紫紅色，傻傻一笑，然後瞇起了眼睛，闔上，呼吸變得深沉。

「讓她睡一下。」謝醫師又倒了一杯咖啡，眺望窗外來來去去的貓狗人，欣賞著他一手製造出來的奇特世界。

約莫僅是一個午睡的長度，對於楊可瑜來說，卻像是不同人生的輪迴。

「這裡是……？」楊可瑜開口了，短短的幾個字卻讓吳青感動地擁抱她落淚。

吳青向她說明了「貓狗人」的由來，但他沒有告訴她，這一切都是謝醫師的瘋狂病毒所造成，只說謝醫師用了唯一一瓶解藥救了她，未來也許其他醫生會開發更多解藥，但我們目前要想辦法努力生存下去。

兩人並肩坐在便利商店的落地窗前，吳青自己操作櫃檯的咖啡機，為兩人各倒了一杯熱拿鐵，午後溫和的陽光拉長了他們的身影。

距離楊可瑜醒來已經過了幾個小時，吳青騎著警用機車帶她遊覽介紹貓狗人的城市後，她震驚的心情已經平復許多，尤其知道自己的父母親都安全地待在家中，飲食無虞，她也漸漸開始能接受這個奇幻、詭異的世界。

「可瑜，你知道我喜歡妳很久了嗎？」吳青忽然說。

「我知道，你在巷口早餐店吃早餐時，常常偷瞄我啊。」楊可瑜微笑。

「那……」吳青還在思考發問的措詞。

「不過我喜歡潘治龍啊，愛情這種東西不是你喜歡我，我就會喜歡你的吧？」

楊可瑜還是在微笑，低頭啜了一口拿鐵。

吳青一時無語。

「你臉上的傷是被潘治龍打的吧？那個臭混混，我怎麼跟他說都沒用，真的是對牛彈琴。」楊可瑜轉過頭，輕輕撫觸著吳青額上的瘀傷。

「你是個善良的人，但你知道自己有什麼缺點嗎？」楊可瑜靈動的大眼睛眨呀眨的，吳青只能搖搖頭，他自己的缺點實在太多了，一時間也說不上來。

「缺了一點勇氣，也會讓女生少了一點安全感。」楊可瑜一邊看著窗外幾隻貓狗人為了一個殘渣便當爭吵不休，一邊說著，「不過是你從這個詭異的世界救醒了我，也是你把最後一瓶解藥給了我，真的很謝謝你。」

楊可瑜忽然靠吳青靠得很近，近到鼻尖要碰到鼻尖的距離，她身上的香氣襲向吳青。

「這樣我怎麼能不愛你呢？」

她吻上了吳青。

吳青希望時間能停留在這一瞬，唯有在此時此刻，他才能深深體會身而為人的美好。

窗外的貓狗人依舊咬鬥不止，屋內貨架上的商品雜亂散落，拿鐵香氣悠悠，午後的陽光緩緩，他們的吻彷彿一幅圖畫，定格了所有安靜的風景。

接下來的二、三個月，世界彷彿是他們兩人專屬的大型遊樂園。吳青雖然沒有駕照，但反正路上也沒有其他車輛，他開著從路邊借來的賓士車，生疏地行駛在高速公路上，打開了車窗，讓風呼嘯過空無一人的自由道路。

他們一邊尋找著可能倖存的人，一邊遊覽著各地風景，但不論到哪個縣市，都沒有再看到人類。貓狗人把文明的城市活得像一個個廢墟，他們的心情也開始有些沉重，網路通訊早在幾個禮拜前中斷，電力供應也有些不穩，入夜後常常整個城市都陷入漆黑，他們的飲食只能依賴一間間便利商店或是大賣場，然而等到裡面的食物都過期腐敗之後，他們又該去何處覓食呢？

他們看到路邊因飢餓而發狂的貓狗人，開始成群結隊捕食流浪狗，抓到之後就你一嘴我一口生吞活剝。

「砰！」吳青對空開了一槍，驅散攻擊流浪狗的貓狗人，但人吃狗的可怕情景，只怕正隨時隨地上演。

他們想到了漂漂，決定回到那個公園把漂漂帶回家，至少家裡有著充足飲食，也安全無虞。

「漂漂！漂漂！」即將入夜的公園裡有幾隻髒汙的貓狗人或坐或臥，他們卻沒看到漂漂的身影。

「汪！汪！汪！」突然身後傳來熟悉的狗叫聲，只見漂漂從草叢裡竄出，開心地搖著尾巴在他們腳邊磨蹭。

「乖乖！最近應該還好吧？」吳青也開心地撫摸牠的頭，有種老朋友重逢的感動。

他們帶著漂漂，準備一起走回吳青家中。入夜後的路燈已不再亮起，偶爾傳來幾聲詭異的貓狗人叫聲，感到有點害怕的楊可瑜，牽著吳青的手又更緊了一點。

吳青微微一笑，腰間的手槍給了他強大的勇氣。

但家門口前，卻有一群貓狗人，正等著他們。

昏暗的月光下，男性貓狗人的數量約有十來隻，吳青跟楊可瑜都認得其中一隻的面容，他遲緩的下半身顯露殘疾的傷疤。

他是潘治龍，正對著他們齜牙裂嘴。

這一群貓狗人穿著各式各樣不同的服裝，看起來有的是工人，有的是超商店員，有的是警察，有的是上班族，而他們的共同特色是體格壯碩，身上衣服都沾滿了深淺不一的血跡，顯示他們是優越的掠食者。

吳青與楊可瑜雖然站著，但爬行在地與他們對峙的這群貓狗人，卻散發出毫不氣短的敵意。

面對他們的威脅，漂漂竟絲毫不畏懼，逕自衝向前對他們狂吠。

「漂漂！」楊可瑜想要阻止，但一隻工人模樣的貓狗人已經一把攫走了牠。

「砰！」這次吳青不再對空鳴槍，他直接朝著那隻工人貓狗人射擊，但槍火閃光、炸裂聲、煙硝味甚至迸發的鮮血，竟絲毫無法威嚇這群凶悍瘋狂的貓狗人，他們反而前仆後繼地朝吳青及楊可瑜衝來。

這發槍聲像是一種挑釁，徹底引爆了人與「動物」之間的戰爭。

「砰！砰！砰！砰！砰……！」吳青慌亂地連開數槍，幾槍落空，幾槍則打退了幾隻貓狗人，但他們攻擊的數量、速度實在太多太快，兩人只能邊開槍邊往後退。

後面卻又是一群喉頭發出低吼的貓狗人。

「可瑜，妳快逃，我來……」吳青話還來不及說完，一隻高壯的上班族貓狗人已經撲倒楊可瑜。

「啊！」楊可瑜失聲尖叫。

「砰！」吳青連忙對那隻貓狗人開了一槍，上班族貓狗人吃痛倒地，竟又是要再起身攻擊。

吳青再開一槍。

喀、喀、喀……

沒有子彈了。

「逃啊！」

吳青大叫，抓起倒地的楊可瑜，想要衝出貓狗人的包圍。

「吼吼啊啊啊！吼吼！哇哇啊！」

只見一條黑影竄出，一隻中年男子模樣的貓狗人擋在吳青他們面前，挺著大大的啤酒肚，嘴裡發出凶惡的吼聲。

他是吳世發。

他想要拚死保護身後的吳青。

「爸……」吳青已經來不及思索，究竟是父親要保護兒子，還是動物要保護他的主人。

成群的貓狗人已經瘋狂襲來，每張嘴裡的利牙都想把他們撕裂。

黑夜之下，動物間的廝殺充滿了鮮血、疼痛與吼叫，粗暴而原始，原始而致命。

等到吳青帶著楊可瑜，衝上他們原本停放在路邊的汽車，兩人的心臟劇烈跳動，喘息著巨大的驚恐。

「我要回去救我爸！」吳青擦掉額上的汗血，打算開車回去衝撞那群貓狗人。

但他卻從後照鏡發現吳世發已經倒在血泊中，被其他貓狗人撕咬得支離破碎，一個血淋淋的頭顱滾到了電線桿旁。

「幹!!」

吳青狂吼，憤怒的淚水奪出眼眶，發瘋似地踩下油門，調頭衝撞那群嗜血的貓狗人。

哀嚎聲不止，復仇的汽車也停不下來，撞擊的血肉橫飛，腥紅濺滿了整片車窗。

吳青卻依然難抑憤怒，他從車上的背包取出子彈盒，裝填好子彈後，按下車窗，伸手出去一槍接著一槍，斃了那些該死的貓狗人。

滿臉血汙的潘治龍額頭上也中了一槍，遲來的一槍。

一陣瘋亂之後。

「青，我……我受傷了……」楊可瑜坐在副駕駛座虛弱地開口。她的右小腿被咬下了一大塊肉，鮮血淋漓。

吳青想起了謝醫師的叮嚀——世界上再也沒有解藥，絕對不能被貓狗人咬傷。

「沒……沒關係，可……可瑜，妳忍耐一下，我帶妳去找謝醫師。」緊張的吳青說得結結巴巴，「謝……謝醫師一定……一定有辦法的。」

他火速開著車子駛往那間老診所，楊可瑜的意識卻越來越模糊，說的話也開始含糊不清。

「青……青……」她呻吟。

「可瑜，我在，我在聽。」吳青的額上不斷冒出害怕的冷汗。

「我……我快暈倒了……我不行了……」楊可瑜的語聲越來越微弱，咬字也越來越模糊，「我……我告訴你……我……我懷孕了……你……你要好……好好照顧寶……寶……」

「可瑜！」吳青崩潰吼著，楊可瑜卻已倒頭昏迷過去。

吳青的腦袋一片混亂，寶寶？我要當爸爸了？寶寶也會被傳染嗎？可瑜會好嗎？可瑜又要變回以前的貓狗人了嗎？

吳青粗魯地將汽車斜插在診所門口，抱著昏迷的楊可瑜，一腳踹開了診所大門。

「謝醫師！謝醫師！謝醫師，救命啊！」吳青大吼大叫著。

「又怎麼了？」穿著睡衣的謝醫師開了大廳電燈，見到吳青的狼狽狀況，深深皺眉。

「醫生，拜託你，她……她被咬了！」吳青跪了下去，不停向謝醫師磕頭，焦急的眼淚不斷湧出。

「沒有解藥了，真的沒有了！」謝醫師搖搖頭，拒絕得斬釘截鐵，「我早就跟你說過，上次那一瓶，就是世界上最後一瓶解藥了！」

「醫生，我求求你，我老婆她懷孕了……這樣她……」慌張的吳青哭得滿臉鼻涕眼淚。

「病毒會透過血液傳染，她的小孩也一樣會被傳染。」謝醫師冷冷地回答吳青沒有問出的問題。

「拜託你，醫生，我真的拜託你，我求求你……」吳青只能發瘋似地磕頭，額頭都撞出了瘀血。

「唉，我也想幫你。」謝醫師扶起了他，「但是，真的沒有解藥了。」

「醫生，沒有解藥了，那如果你自己也被傳染，該怎麼辦？」稍微冷靜下來的吳青突然問。

「我？」謝醫師沒料到這個問題，頓了頓才回答，「我被傳染也沒辦法啊，誰叫我上次已經把唯一的解藥給了你。」

「是嗎？」吳青擦掉了淚水，眼神變得有些質疑，「醫生，你自己都不留一些退路嗎？」

「你在說什麼啊！」謝醫師的語氣已經有些不耐煩。

「醫生，你放心，把你的解藥交給我，我以後會負責保護你的安全，你一定不會被傳染。」吳青激動地走近謝醫師，「拜託，醫生，把解藥給我。」

「沒有就是沒有，你走吧。」謝醫師不想再與吳青糾纏，揮揮手，轉身就要離開。

卻發現冰冷的漆黑槍口已經抵著他的額頭。

「醫生，對不起，我真的需要解藥。」吳青的臉上帶著歉意，但更多的是冷酷的堅持。

「我沒有解藥，你殺了我也沒用。」謝醫師絲毫不退卻，一雙銳利的眼睛直直盯著吳青。

他看見吳青的雙眼裡，已經浮現了野蠻的粗暴。

「交出來。」吳青的話語越來越嚴峻，「你不要逼我。」

「沒有解藥。」謝醫師聳肩，一副無所謂的模樣。

「交、出、來。」吳青一字字吼著，「我真的會開槍。」

「沒有解藥。」謝醫師冷笑。

這時候楊可瑜醒了過來，開始拖著受傷的右腳在診所內爬行，她果然又變成了一隻貓狗人。

「我真的要瘋了！」吳青看到她這副模樣，渾身的壓力瞬間爆發，他用金屬槍身重重拍打了謝醫師的腦袋，鮮血從謝醫師光禿的頭頂流了下來。

「幹！交出來啊！」吳青狂聲嘶吼，有如搏命廝殺的動物。

謝醫師卻只是擦掉臉上的鮮血，搖了搖頭，意義不明地笑了起來。

「笑你媽的！」吳青最後的理智終於斷線，憤怒悔恨悲傷恐懼通通一起交織、支配了他。

他按下扳機。

「砰！」火光一閃，煙硝味瀰漫開來。

謝醫師的頭遭受近距離的射擊，額頭出現了一個不斷冒出鮮血的窟窿。

「幹！」吳青彷彿著魔，一不做二不休地繼續朝著謝醫師的頭開槍。

「砰！砰！砰……！」謝醫師的頭被打得亂七八糟，血肉飛散地無法再辨識面容，但他竟然沒有向後倒下，仍然是直挺挺地站著。

感覺異常的吳青停止射擊，直勾勾看著眼前血肉模糊、早該喪命的謝醫師。只剩下半個腦袋的謝醫師，竟然還能夠說話。

「人類真的是沒救了。」

吳青只聽到了這句話。

謝醫師的殘破頭顱突然像一朵食人花一樣展了開來，在數十片血肉組織、牙齒頭髮之內，冒出一張外星異形般的尖牙大嘴。

地獄大嘴一口把吳青的上半身吞了進去。

黑暗血腥之中，吳青知道了被咀嚼的滋味。

（全書完）

【後記】練習恐懼

我覺得恐懼是天生也是習得的。

小時候，我們會怕火，會怕黑，要等到認識一些事情之後，才知道道很多情感比火還要燒灼，又即便身處光明之中，也常常陷入伸手不見五指的無力。人類窮其一生，努力在逃避恐懼，但恐懼依然如影隨行。我們何其脆弱，面對分離，面對背叛，面對未知，往往都只能屈服在負面情緒之下——不過我們終會再起，一個個恐懼都是征服的過程，生命也因此傷痕累累卻富有深度。

所以我寫了《恐懼罐頭》，試圖描寫出人性的疼痛，精短的篇幅像是一道切口，時間、地點、人物與故事，都可以尋找出合適的縮影，快速而長久。

這件事需要練習。從第一個罐頭到現在第三十一個罐頭，裡面裝填的口味不一，但都是以懸疑為手法，吸引讀者一步步掉入陷阱的過程，只有在最後逃脫的時候，才能體會到劫後餘生的幸運或者悲傷。

《恐懼罐頭》最初是一個美麗的誤會，一個實驗性質的嘗試，多年之後卻恰巧趕上了追求速度的現代社會。短而精巧的容量，獨立快速的情節，大大減輕了閱讀的負擔，當然我也慢慢學會了說故事的方法——閱讀者的負擔少了，基於平衡，創作者的負擔也就理所當然的增加。我要學習如何在有限的篇幅裡，敘說一個「完整」的故事：縱使情節並不完整，也要盡力讓情緒完整；即便角色並不完整，仍然要讓它所支配的刺激完整。

最近幾年，我的生活極度忙碌，周旋在工作、論文與家庭生活之間，如果沒記錯，這次最後一個罐頭〈動物〉已經是我二〇一四年寫下的構想，直到二〇一九年才有機會輸出。其實這本書的誕生也是一場意外，起源於我和老婆的打賭：如果我挪出部分周末的時間，有沒有可能在短期內完成它？

於是我完成了，從構想庫裡挑出這些罐頭，利用每個假日的空檔，逐一填充。原來人在極度忙碌的時候並不會意識到忙碌，直到某個回首的當下，才會發現自己已經壓縮時間，完成了這麼多事情。

細心的讀者可能會發現，這些罐頭隱藏的小小彩蛋，揭露了「恐懼罐頭宇宙」的邊角，不少罐頭都是共用同一個世界觀，彼此的牽引充實了閱讀，甚至是創作的視角。至於原本番外罐頭〈拼圖〉（收錄於上一本《恐懼罐頭》之中）打算囊括所有罐頭的名字做為句點，卻因為我始終停不下創意來襲，現在已經超越了自己原本設定的範圍，未來更會一直寫下去。

感謝老婆泡泡，女兒Cony、兒子Miles的陪伴，我的意義始終因為你們而存在。Cony這次也為老爸的新書貢獻了一張圖畫，就放在〈圖畫〉罐頭當中，希望成為妳兒時難得的紀念。感謝奇幻基地，給一個寫故事的人，最習慣而理想的舞台，也給了這些罐頭詭美的包裝。而我何其幸運，《恐懼罐頭》已經完成了影視化，能跟大家以另一種形式見面，期待這些罐頭可以被更多人品嘗：原來恐懼的本身也需要創意，在翻轉又翻轉之後，請讓我們一起分享彼此的脆弱。

二〇一九，初冬

境外之城 105
恐懼罐頭：魚肉城市

作　　者／不帶劍
企畫選書人／張世國
責任編輯／王雪莉

版權行政暨數位業務專員／陳玉鈴
資深版權專員／許儀盈
行銷企畫／陳姿億
行銷業務經理／李振東
副總編輯／王雪莉
發　行　人／何飛鵬
法律顧問／元禾法律事務所　王子文律師
出版／奇幻基地出版
城邦文化事業股份有限公司
台北市 104 民生東路二段 141 號 8 樓
電話：(02)25007008　　傳眞：(02)25027676
網址：www.ffoundation.com.tw
e-mail：ffoundation@cite.com.tw
發行／英屬蓋曼群島商家庭傳媒股份有限公司城邦分公司
台北市 104 民生東路二段 141 號 11 樓
書虫客服服務專線：(02)25007718・(02)25007719
24 小時傳眞服務：(02)25170999・(02)25001991
服務時間：週一至週五 09:30-12:00・13:30-17:00
郵撥帳號：19863813　　戶名：書虫股份有限公司
讀者服務信箱 e-mail：service@readingclub.com.tw
歡迎光臨城邦讀書花園　網址：www.cite.com.tw
香港發行所／城邦（香港）出版集團有限公司
香港灣仔駱克道 193 號東超商業中心 1 樓
電話：(852) 2508-6231　傳眞：(852) 2578-9337
e-mail：hkcite@biznetvigator.com
馬新發行所／城邦（馬新）出版集團
【Cite(M)Sdn. Bhd】
41, Jalan Radin Anum, Bandar Baru Sri Petaling,
57000 Kuala Lumpur, Malaysia.
Tel: (603) 90578822　Fax:(603) 90576622
email:cite@cite.com.my

封面設計／朱陳毅
排　　版／極翔企業有限公司
印　　刷／高典印刷有限公司
■ 2020 年（民 109）3 月 30 日初版

售價／ 350 元

國家圖書館出版品預行編目資料

恐懼罐頭：魚肉城市 / 不帶劍作 . -- 初版 . -- 臺北市：奇幻基地，城邦文化出版：家庭傳媒城邦分公司發行，民 109.04
面：公分 .

ISBN 978-986-98658-2-1（平裝）

863.57　　109001971

本書中文繁體字版由作者不帶劍授權奇幻基地在全球獨家出版、發行。
Copyright © 2020 by 不帶劍

ALL RIGHTS RESERVED
著作權所有・翻印必究
ISBN 978-986-98658-2-1
Printed in Taiwan.

城邦讀書花園
www.cite.com.tw

廣	告	回	函
北區郵政管理登記證			
台北廣字第000791號			
郵資已付，免貼郵票			

104台北市民生東路二段141號11樓

英屬蓋曼群島商家庭傳媒股份有限公司城邦分公司 收

請沿虛線對摺，謝謝

奇幻基地

每個人都有一本奇幻文學的啟蒙書

奇幻基地粉絲團：http://www.facebook.com/ffoundation

書號：**1HO105**　　書名：恐懼罐頭：魚肉城市

請於此處用膠水黏貼

奇幻基地

讀者回函卡

謝謝您購買我們出版的書籍！請費心填寫此回函卡，我們將不定期寄上城邦集團最新的出版訊息。

姓名：________________ 性別：□男 □女

生日：西元________年________月________日

地址：________________

聯絡電話：________________傳真：________________

E-mail ：________________

學歷：□1.小學 □2.國中 □3.高中 □4.大專 □5.研究所以上

職業：□1.學生 □2.軍公教 □3.服務 □4.金融 □5.製造 □6.資訊

□7.傳播 □8.自由業 □9.農漁牧 □10.家管 □11.退休

□12.其他________________

您從何種方式得知本書消息？

□1.書店 □2.網路 □3.報紙 □4.雜誌 □5.廣播 □6.電視

□7.親友推薦 □8.其他________________

您通常以何種方式購書？

□1.書店 □2.網路 □3.傳真訂購 □4.郵局劃撥 □5.其他

您購買本書的原因是（單選）

□1.封面吸引人 □2.內容豐富 □3.價格合理

您喜歡以下哪一種類型的書籍？（可複選）

□1.科幻 □2.魔法奇幻 □3.恐怖 □4.偵探推理

□5.實用類型工具書籍

您是否為奇幻基地網站會員？

□1.是□2.否（若您非奇幻基地會員，歡迎您上網免費加入，可享有奇幻基地網站線上購書75 折，以及不定時優惠活動：
http://www.ffoundation.com.tw/）

對我們的建議：________________

____

____

請於此處用膠水黏貼